小説ほど面白いものはない

山崎豊子自作を語る 3

Toyoko Yamasaki
Talks about her own works

山崎豊子

新潮社

はじめに

私は取材ならば、どんな初対面の人と会って話をすることも平気なのだが、面と向かった対談、座談となると、なぜか人見知りをしてしまう質《たち》で、実はとっても苦手だ。

それでも、こうして一冊の本にまとまるくらいの回数を重ねてきたのは、「小説」というものについての、好奇心ゆえだろうと思う。

他の作家の方は、いったいどうやって書いているのだろう、読者の方は、どんな風に私の小説を読んでくれているのかしら。いつも気になって仕方がない。

石川達三さんとはタイトルの付け方の苦労を話し、松本清張さんとはストーリーの組み立て方について話した。またある方とは取材のやり方の秘訣について、別の方とは主人公のモデル問題について対談した。

要するに、誰と話しても結局、小説の楽しみについて語り合い、小説の創り方の秘密について尋ねている。つまり私は、小説が好きで好きでたまらないのだ。

それはいくつになっても変わらない。相変わらず、寝ても覚めても「小説」のことしか頭にない。作家生活五十年で、人知れぬ苦労もたくさんあったが、喜びはもっとあった。

「小説ほど面白いものはない」というのが、私の人生のような気がする。

小説ほど面白いものはない ＊ 目次

小説ほど面白いものはない

山崎豊子　自作を語る3

装画・牧野伊三夫
装幀・新潮社装幀室

第一章　「人間ドラマ」を書く

社会小説を生み出す秘密

石川達三（作家）×山崎豊子

悪人が好きか？と聞かれます

石川　〝ふたりで話そう〟といっても、なにをおしゃべりしていいか、わからない。ぼくは山崎さんに関して、なんにも知らないからな。

山崎　〝おんな石川達三〟といわれているわたくしが石川先生に「初めまして」なんていうのは、ウソみたいな話ですけど。

石川　写真では、もっとふとった大きな人みたいだったけれども。お酒はダメ？

山崎　ええ。ことにヒレ酒なんて。

石川　悪酔いしません。神経痛がなおります（笑）。

山崎　ふぐは大好きですけど。

石川　〝おんな石川〟っていわれるんですか。

山崎　わたくし『白い巨塔』以来、だれがおつけになったのか、〝おんな石川〟ということで。

石川　ずっと前にね、小山いと子さんが社会問題をとらえた小説をお書きになってね、〝おんな石川〟だなんて（笑）。

山崎　社会小説を書くと先生の名がつくんですから、先生は社会小説の教祖じゃないんですか。

石川　まさか。明治時代からいろいろ社会小説はあるでしょうけどね。

山崎　わたくしは社会小説を書こうとも思わなかったんですけど、先生が社会小説をお書きになるときは、一つのイデオロギーをもって、そのイデオロギーに向って書いていらっしゃるんじゃないですか。

石川　いや、ぼくはね、そういうハッキリした主義、いわゆる体系づけられた主義には、はいっていけない。うん。どの主義にも、どうもはいっていけないです。それの欠陥みたいなものが気になってね。

山崎　その欠陥が小説ですけれども。

石川　そういうことになるんですけど。そこに抵抗を感ずるから、そこをほじくりだす気になるんですけどね。

山崎　そこがないと、小説でなくて、ニュース・ストーリー……。

石川　むかしの左翼小説みたいなものになりやすいわね。だから、なに主義という一つの主義にキチンときまりませんね。きまらないほうが、ぼくはほんとだろうと思う。

山崎　『蒼氓《そうぼう》』のときから、わりかた社会小説が多うございますね。それは意識して？

石川　意識してって、やっぱり自分で興味があるんですな。

山崎　わたくしも〝空が青い〟という一つのことを三十枚に書くより、小説のなかに問題をみつけて、それに取組んで、書きたいと思うことを書きたい。そうでないと、あんまり情熱がわかないほうなんです。

石川　それ、人間のタチじゃないかな。そういうものに情熱を感じて意欲を燃やす人と、燃えない人とね。タチだろうと思うんですな。私小説がいい悪いというよりも、小説に熱情をもつ人と、もたない人とある。それもタチでしょうね。

山崎　わたくしは悪人ばっかり書くもんですから、悪人が好きか？　といわれるんですけど、そうでなくて、人生の美とかあこがれとかいうものを書くより、人生の患部を切りひらいたり、手術してみたい。

石川　や、それはね、悪を追求するのは善を追求する一つの姿でしょ。

山崎　ええ、ええ。ですから、一つのものを描写するというよりも、一つの問題と闘って書いて、書き終ったときは闘いが終ったときだという充実感のあるほうが、きれいに書けたという小説よりも、うれしいんですね。うまく書こうというよりも、闘いきることのほうが好きです。先生のおっしゃるタチかもわかりませんけれども。

石川　あたしはそうでないところもあるんですよ。たとえば川端（康成）さんの小説。ぼくとはかなり異質なんだけれども、ああいうものを書いてみたい気分、あるのよ。それらしい作品も、短編ですけどね、多少あります。

山崎　ふしぎなもので、わたくしも短編を書くときは、きれいなものを書いてしまいますね。わたくしはこんなものも書けるんだぞ、というレパートリーをひろげるためのようにもとれますけれども、強いものにいどんでいると、きれいな、叙情的なものを書く気持も……。

石川　そういうものを求める気持もあるんですよね。

山崎　だけれども、どちらが強いかといえば、闘いを求めるほうが……。

石川　自分が生涯をかけてやる仕事というのは、そっちになるでしょうね。ぼくなぞは、そっちになるんです。

山崎　石川先生の場合は、社会小説を書かれる動機というか、素地がおありになると思うんですよ。

石川　さあ、それはわかりませんね。やっぱりタチでしょう。

山崎　代議士に立候補なすったし、総評の週刊誌もなすったし。

石川　若気のいたりで（笑）。

山崎　しっかりした社会観をもっていらっしゃいますけれども、わたくしの場合は、イズムはもちろん、意識もそうハッキリもっていないんです。それでも社会小説を書くのは……。

石川　それじゃ、血だ。

山崎　大阪町人の子だからですね。徳川時代から苦しめられてきた大阪商人、自分ひとりの力で栄えていかなければならない大阪の商家に生れた人間の血ですね。処女作に書いた『暖簾《のれん》』は、身辺小説だと思っていたんですけれども、いま振返ってみたら、やっぱり大阪の経済史があって、大阪の町人小説みたいなものだと思うんです。

石川　ぼくは東北に生れて、寒い、つらい自然的条件のところで育ってきたんですね。そういう東北人の血というものはあるでしょう。ぼくなんか転々として、小学校一年までは秋田にいて、それから十年、岡山で暮して、中学校をすましてから東京へ来たから、まぜこぜですね。

題名は自分そのもの

山崎　わたくしは、いつのまにか、社会小説の分野にはいってしまったんですけど、社会的な素材を扱った場合、取材というものが、ついてまわりますね。それはどうなさってますか。

石川　取材って、調べることですか。それは自分で足をはこんで調べることもあるし、『人間の壁』のときなぞは、ちょっと苦労しました。九州から和歌山、大阪、金沢、山形、千葉、群馬、ずいぶん、あっちこっち旅行して調べましたがね。

山崎　どういう取材が、いちばん、しんどかったでしょうか。「しんどかった」って、おわかりにならないかも知れませんけれども、つらかったことです。

石川　日本の教育界の全体をつかむことですな。それまでに教育関係の知識、ぼくはなにもないから、それをまず知らなきゃならないし、労働組合のこと、文部省の方針はどうなってるのか。なにが原因でこういう事件がおこっているか。それをつかむことが、つらかった。

山崎　具体的に取材の仕方はどういう？

石川　どういうったって、会合があるときは現場に足をはこぶ。事件があったら出掛けていって話をきく。あるいは資料を集める。たいへんな資料でしたよ。

山崎　参議院の議事録を、三日ぶっつづけにお読みになったそうですね。

石川　いや、三日間、議事録をそのまんま、新聞に書いたんですよ。乱暴な話ですけどね、なまじっか、ぼくの文章にするより、速記録のまま出すのがいい、迫力があると思ったんです。

山崎　小説っていうものは、どんな形だっていいんですから。

石川　問題が生きて動いてるから、地方で教組の大会があれば、いかなきゃならないし、資料も読まなきゃならない。正月ぐらいから勉強を始めて、書き始めたのは八月くらいです。うん。

山崎　なるほど、八カ月近くですね。社会的な素材を小説にする場合、取材してから最低六カ月しないと、ナマに出てしまいますね。

石川　ナマすぎます、ええ。

山崎　六カ月は絶対にあたためなくちゃダメですね。素材の横にあり、上にあり、周囲にある欠陥の林のなかにはいって、初めて小説になるんですね。

石川　つまり自分が出ないとね。素材プラス自分。その自分がまだ出て来ないうちに書き始めると、まずいですね。
山崎　社会的な問題を取扱った小説の場合、そのなかに自分が存在するということは、ひじょうにむずかしいことですね。
石川　『日蔭の村』もね、正月、まだ雪があるときに、小河内村、いまの奥多摩湖ですね、あそこへいって貯水池問題を調べて、もう一度いったかな、書き始めたのは七月です。
山崎　それも六カ月。
石川　ええ。あれは期限を切られちゃってね、約一カ月で三百三十枚、ほとんど徹夜の連続でしたよ。
山崎　先生は作品全体の背骨がきまり、ラストがきまってからでないと、お書きにならないほうですか。題名にしても、どちらへいってもいいように、適当に、たとえば「雲」とか「水」とか、漠然とした題をつけておいて、書いてるうちに一つの背骨を見出すという、そういう書き方をなさる方もありますね。
石川　ある。
山崎　わたくしは、ものすごく題名に支配されるんです。
石川　ああ、よく似てるな。あたしは題がきまらないと書けない。
山崎　そうしてまた、題が悪いと書けないんです。最後まで気に入らないんです。

石川　ぼくのいう題とはね、内容の全部を象徴するようなものがほしい。それがキチンときまらないとね、軌道に乗らないんですよ。題がきまって最初の二枚か三枚書けたら、あとはスーッといっちゃう。最初の二、三枚で文章のスタイルがきまるわけでしょう。その作品と作者との関係が、あそこできまるわけね。だから、書直しするとすれば、最初の二、三枚です。

山崎　わたくしなども、小説の全体を象徴するような題で、その題でなくちゃダメ……。ですから『女の勲章』のとき、題名だけで三カ月かかりました。ほかの題名にしてくれといわれましたけれども、この小説は『女の勲章』という題のほかでは、よう書かんのです、といって。

石川　なかなか、ガンバリ屋だな。自分で自信のある題名ならば、ガンバらなきゃいけませんよ。

山崎　わたくしは題名に支配されてしまうんです。題名は自分そのもののようなものですから。

石川　自分そのものというか、作品そのものですよ、題名というものは。昔の話だけど、あたしは「週刊朝日」の正月の読切りを百枚ほしいといわれてね、書くテーマは頭のなかできまってるんですよ。題がきまらない。締切日まで十日しかないのに、一週間くらい、モタモタしてね、「転落の詩」と、ここまで来たけれども、どうも気に入らない。そうしたら「詩集」ということばをみつけたんです。あ、しめた、これだというので、あと三日で百枚書いた。

山崎　ああ、「転落の詩集」、なるほどねえ。「集」がついて、ドカッとすわった感じですね。わたくし、さりげない題をつけておいて、さりげなく書き始められる人って、うらやましいな。

石川　うらやましいともいえるし、すこし横着じゃないか、という気もする。題がきまれば、作品の性格がきまったわけで、あとは書く作業だけですからね。

山崎　そうして、わたくしは最後までできまらないと書けないんです。

石川　最後はね、いちおう考えるけれども、長いものだと変ってきちゃう。途中で作品が生きてくると、考えたとおりにゃいかないですよ。

山崎　ええ。中間は変るんですけど、最後の〝詰め〟は、それが書きたいから書くわけで……。

石川　ぼくは、あんまりこだわらない。ムリヤリ、最初に予定したほうへもっていくと、ムリができやしないかと思ってね。

山崎　わたくしは、ひどいときは最後の五行か六行を最初に書いておきます。ですから、最後の五、六行のなかから題名をとるんです。

小説は、誰のため

石川　まあ、すこし食べましょうよ。ぼくはふぐが大好きだから、どんどん食べちゃって(笑)。

山崎　小説の話になると、もう夢中ですから(両氏、笑)。でも、いまのマスコミって、気短ですね。『仮装集団』を書き始めると、もう〝社会派〟なんていうんですから。わたくし、社会小説ばかり書こうと意識してるんじゃないから、次にどんなのを書くか、わからないのに、レッテルをはられちゃ困るんです。

石川　すぐ分類してレッテルをはっちゃう。せっかちなんですよ。

山崎　わたくしみたいに、これから出る人間で、なにを書くか知れないのに、レッテルをつけられたら、身動きつかなくなっちゃいます。

石川　そんなことは、あんまり考えないほうがいいですよ。そんなことより、自分が情熱を感じて、これはどこまでも書こうという意欲があったら、書けばいいです、うん。うまく書こうとか、そんなことは私事ですわ。大きな問題にぶつかったら、うまく書くなんていうことは、放棄してもいいと思うな。

山崎　しかし、それは勇気のいることですから、評価のきまってる方はいいですけれども、これから出ていく人間には……。

石川　いや、それはね、ためらう必要ないんじゃないのかな。評論家がなんといおうと、多くの読者が支持するものを書けばいい。評論家は読者じゃないですよ。われわれは評論家のために書くんじゃないんだから。

山崎　小説は自分のために書くんですからね。

石川　いや、自分のため、社会のため、読者のためにね。『人間の壁』は、書いてるうちに「人間の壁研究会」というグループが、全国に三、四十できて、あとで単行本の第一部ができたときには、ＰＴＡの母親たちが銀座のホールで記念会を開いて、あたしは招待されましたよ。

山崎　文壇人に関係のない、そんな出版記念会は、ほかにないんじゃないですか。

石川　あたしも初めてです。そのときに第三部が出たら、こんどはあたしがみなさんをご招待しますって約束したんです。それでデパートの食堂を、閉店後に借りて、五百人くらい招待しました。みなさんが会費がタダじゃいやだということで、会費を半分お出しになって、あと、あたしが出しましてね。

山崎　そういう会をしていただけるような小説を書きたいですね。

石川　ですから、そのときにね、自分は評論家のために書いたんじゃない、そういう読者たちのために書いたことを悔いなかったですよ。

山崎　そういう出版記念会って、すばらしいですね。

石川　作家なんかが集る出版記念会じゃ多分にお義理ですからね。それが、いそがしい家庭の主婦の人たちが、そうとうムリして来てるわけで。

山崎　いいですねえ。わたくしもそういう記念会を開いていただけるような作品が書きたいですね。いい機会だからと思って、いろいろうかがいましたけれども、わたくし、初対面の方と対談するなんて、じつは初めてなんです。

石川　ぼくも初めて。

山崎　とても勉強になりました。わたくしも将来〝おとこ山崎〟が出現した場合、対談しなきゃならないかも知れませんからね（両氏、快笑）。

（「週刊朝日」一九六六年三月十一日）

石川達三（いしかわ　たつぞう）

一九〇五年生まれ。小説家。

秋田県出身。早稲田大学文学部英文科在学中、大阪朝日新聞の懸賞小説に当選する。一九三〇年には移民船でブラジルに渡る。その体験を元にした『蒼氓』で、一九三五年に第一回芥川賞を受賞。一九三八年、社会批判をテーマにした『生きてゐる兵隊』が新聞紙法に問われ掲載誌は発禁処分、禁固四カ月執行猶予三年の判決を受ける。一九四二年には、海軍報道班員として東南アジアを取材。

戦後も社会派作家として活動し、主著に『人間の壁』『金環蝕』など。一九六九年、第十七回菊池寛賞受賞。日本ペンクラブ第七代会長。一九八五年死去。

一年一作主義

荒垣秀雄（ジャーナリスト）×山崎豊子

調査記事の山崎

荒垣　先日、軽井沢のゴルフ場で井上靖さんにお会いしまして、山崎さんと対談するといったら、とにかく辛抱強い人だよっていってました。

山崎　わたしは井上さんには弱いです。毎日新聞の学芸部デスクとして、さんざんきたえられましたから。しかし、井上さんにお目にかからなかったら、作家にならなかっただろうと思います。

荒垣　人に会いにいってベソをかいて帰ってきたりして、あれほど逞《たくま》しい作家になるとは思わなかったって（笑）。

山崎　巷間《こうかん》まちがえられて、井上さんの弟子だといわれますけれども、そうじゃなくて、学芸部にいる間に、井上さんの厳しいお姿を見て教えられたんです。思いやりのある方でね。部員が人間として充実したり、ひろがることを考えられて、勉強したまえ、新聞社にいると、つい流されて汚されて、傷つくことがあるから、そうならないように自分を大切にしろ、ということをいわれました。

荒垣 第一作の『暖簾《のれん》』は、そういう記者生活の間にお書きになったんですね。

山崎 はあ。十年がかりの労作なんていわれましたけれども、八年です。でも、日曜しか書けませんから、一年に五十日足らず、八年で三百何十日。これは一年一作という日数とピシャッと合うんです。処女作のときからスピードが同じだということでは、無器用な作家だと思いますね。あのとき、つらかったことは、同じことを同じ姿勢で、同じ情熱で八年間つづけるということ。あれだけの忍耐力があれば、だれだって何かができるんだということを、わたしは身をもって証明したわけですよ。

荒垣 そのころ、おからだはご丈夫じゃなかったんでしょう。

山崎 はあ。井上さんがいたわってくれまして、雑報のような小さい仕事はいわれなくて、企画ものとか、調査ものをさせられました。いまでも感謝しておりますのは入社して三、四年の時、「昭和女工哀史」を書かせていただいて、新潟、北陸一円を一週間まわって、署名入りで書いたんです。井上さんはわたしが早書きの才能はなくて、時間をかけてジックリやる、小説家としての才能のほうを見抜いていらしったんですね。そういう仕事を与えられていたことが幸いして、調査記事の山崎ということになったんです。

荒垣 その調査力を生かしたのが『白い巨塔』ですね。

山崎 ええ、調査に、六カ月かかりました。毎日新聞の学芸部で先輩だった科学担当デスク、わたしの秘書が協力してくれましたから。

荒垣 ご自分でも取材なさるんですか。

山崎 手術なんか自分が見ないとダメですし、わたしがでかけます。

荒垣 テープレコーダーでとったり、資料集めがたいへんなようですね。

山崎 はあ。山のような資料で、一日に十時間ずつ読みます。ですから、肩がこって、こって……。朝九時に起きて、十時前には書斎にはいって、十時から仕事を始めて夜の十時まで。その間に昼食と夜の食事に一時間ずつですから、ちょうど十時間になるわけです。からだが悪いものですから、徹夜はしません。

荒垣 おからだが悪いとおっしゃるけれども、たいへんなエネルギーじゃないですか。

山崎 小説を書きはじめても、一日十時間です。そうして必ず日曜日は休息します。サラリーマンみたいな生活です。

荒垣 その日は資料読みも、執筆もしないんですか。

山崎 主婦でございますから。といっても日曜主婦で、その日だけは全力投球で家庭サービスいたします。お料理も一応、作ります。

荒垣　得意の料理はなんですか。

山崎　おばんざいですね。東京でいうおそうざい。たとえば肉ジャガとか、ひじきとお揚げのたきあわせとかですね。仕事と家庭は両立できるものじゃありませんから、両立させるなんて大見得を切らずに、日曜主婦だけをつとめているんです。

荒垣　『女の勲章』では、まだ外遊なさらなかったのに、パリだのポルトガルのことをお書きになったんですね。

山崎　取材旅行にいく予定だったのが、入院してしまって、小説の舞台にどうしても外国が必要なものですから、パリに関する資料をうず高く集めまして、日本に二枚しかないというパリの立体地図を壁面にかけまして……。

荒垣　大きいんですか。

山崎　たたみ二畳ぐらいです。百聞は一見にしかずの反対で、一見もしないで百書を読んだんです。苦しかったですね。でも、あとでパリへいったら、自分の書いたものと一点のまちがいもなかったんです。まるで青写真をひいたようでした。うれしかったです。調べて書いたもののほうが、漫然と旅行してきた場合よりも正確なんですね。二回目に外国へいったときは、漫然と見てきたものですから、帰ってから書けといわれたときに、そこになにがあったか、さっぱりわからないんです。それよりも調べて書いたほうが――いえ、一つだけ、まちがいがあったんです。『女の勲章』で主人公がポルトガルの僧院で、ステンドグラスの光を見て、ものを考える、ひじょうに重要な場面があるんです。その僧院へいってみたら、ステンドグラスがないんです。きいたら、この僧院はステンドグラスがない、ずっと古い時代につくられたから、そんなものはないというんです。あわてましてね。すぐ改訂版で直しました。

荒垣　高田保（作家）はパリへいかないで死んじゃったけれども、あの人の頭のなかにはパリの町が掌《たなごころ》をさすように入っていたそうですね。それから小門勝二さん（作家）もパリにおける永井荷風を書くために日本で調べて、パリへいったら、そのとおりだったといってますね。

山崎　わたしはパリに着いた翌日から、地下鉄に乗って歩くし、ポストのある位置もわかるし、パリに七年いらっしゃる方よりも下町をよく知ってたんです。ですけど、あとから考えてみて、そんなこと、むなしい気がしてきました。小説は人間が書けているかどうかですから……。

小説以外のことは、なにもしたくない

荒垣　あなたの作品には、外国が舞台になるのはあっても、東京はでないですね。

山崎　はあ。ございません。書けないです、東京は。

荒垣　東京はお好きじゃないですか。

山崎　わたしはパリには昭和三十六年に半年おりましたから、あそこでは生活してるんです。東京は仕事にだけいって帰るんですから、生活してない。だから東京よりもパリのほうが親しみがある、というとキザですけどね、そのちがいがあるんです。東京は自分の国の首府ですか

ら、愛情がなければ書けないんです。外国はどうせエトランゼの見た外国ですから、その点、ラクですね。わたしは町を書くときに、その町と人間とが結びついてなきゃほんとじゃないと思ってるんです。だから、東京がきらいだから書けないんじゃなくて、東京の風土と人間と結びつかないから書きたくないんです。気楽に小説の書けない人間で、主人公の人間づくりに時間をかけて、自分の体内でこどもを育てるように、育てる期間がながければ長いほど、いいように思うんです。小説というものは、いかに風景描写がうまく書けてても、人間が書けてなきゃダメです。もっとも人間くさい人間が自分のからだのなかにできて、その咳《せき》ばらいからおしをもつときの指のかがめ方、チュッというお茶のすすり方、音声までハッキリ人間づくりができないと、わたしは書けないんです。だから、わたしは職人精神で、小説を書く職人として小説以外のことは、なにもしたくない。テレビ、ラジオもでない。たとえばテレビで「女系家族」が始る前に、原作者として作品の意図を語るとか、そういうもの以外には、でておりません。だいたい作家が舞台だのテレビにでて、芸能人化するのはまちがいです。わたしには大阪の職人精神が強いんですね。小説家が小説以外のことをするのはきらいです。しかし、こんどの小説には東京も書きます。

荒垣　主人公の人間づくりには、そうとう時間がかかるでしょうね。

山崎　ほんとは半年ほしいです。それが準備です。休養してるだけじゃない。そうしなきゃ強烈な個性をもった人物はでてきませんもの。

荒垣　それも大阪が舞台だと、町並みも川筋も空の色も、山崎さんの血であり肉になってるから……。
山崎　そうなんです。大阪くさい人間が動いてくれます。大阪とヘソの緒がくっついてますからね。
荒垣　それに大阪弁というものが、面白味がありますね。まがぬけてるようで、ズバリといってのけたり……。
山崎　小説を書いてて、おもしろいことを発見したんです。大阪弁というのはビジネス用語なんですね。恋愛の用語としては困るんです。
荒垣　ラブ・シーンじゃ困りますか。
山崎　たとえば「抱いて」というのを、「抱いとくれやす」と書いたらおかしいでしょう。「愛してます」いうのを「愛してまっせ」いうたらアウトです。『花のれん』では、できるだけ、そういう会話をおさえて書きました。それを指摘されたのは山本健吉さんです。『女の勲章』でも、ラブ・シーンでは会話をおさえて、周囲の描写と人間の行為だけで動かしたんです。
荒垣　山本健吉さんが『ハムレット』の独白《せりふ》を大阪弁でやったら、ヘンなものになるだろうって書いてますね。ところで、山崎さんの小説は『暖簾』から始って『花のれん』『ぼんち』『女の勲章』、だいたい大阪商人の古いしきたりの家族制度とか、ど根性とか合理精神みたいなものをお書きになったんですね。

山崎　大阪商人から大阪の人間像です。

「小説はテーマが大切だ」

荒垣　それが『白い巨塔』から少し変ったんじゃないですか。〝おんな石川達三〟だなんていう人もいますがね（笑）。

山崎　なぜ変ったか、わからないんですよ。変えようと思って変えたんじゃないんですけれども、わたしは同じことを二度するのが大ッきらいなんです。似たり寄ったりの小説ばかり書いてらっしゃる方は、忍耐力が強いんでしょうね。わたしにはダメなんです。なにかの試みをするのでなきゃ、大ッきらいなんです。それで自然にあいうところへいったわけで、ひとつ変ったものを書いてやろう、社会派に転向しよう、そんな気もちはぜんぜんないんです。『白い巨塔』も大阪の風土につながったもので、でてくる人間は大阪のものですからね。

荒垣　ただ、家を中心にしていたのが、大きな組織をもったものになって、対象が変ってきてるわけですね。

山崎　わたしは、まず自分の家、身近な人を書いて、それから自分の町にひろげていって、大阪が済んだら周囲の町、そうやって日本全国が書けたら外国、そういうようにひろげていくやり方ですね。

荒垣　『白い巨塔』では医学界のことをお書きになって、こんど「週刊朝日」には音楽関係の世界を素材にされるそうですね。

山崎　ええ。わたしは素材は選びます。井上さんに「山崎君、小説のつくり方や文章はまだまだだけれども、いつでもテーマを選ぶのがいい」といわれました。「それじゃ小説としてはダメなんですね？」「そうじゃない。小説はテーマが大切だ。それが五十点以上だよ」といわれるんです。『白い巨塔』は、わたしの闘病生活が長かったので、そこからたぐっていったわけで、自分の身辺につながっていたといえるんですけれども、こんどの音楽界は、自分と切離して得た素材なんです。初めて小説家的な立場と目で選んだ素材といえますね。素材を選ぶといっても、わたしは書きたいという欲求がなけりゃ絶対に書かないですから、こんどのは書きたい素材なんです。

荒垣　いままで一年一作主義ですね。

山崎　これも自分の納得のいくものを書いてたら一年一作だった、ということなんです。正直なことをいえば、一年一作では経済的にはラクでございません。皆さんのようにゴルフもしませんし、高いバーにもいきません。それでも一年一作主義を折らなきゃならないと思うくらいです。それは税金です。まず名前のわりに所得が少なすぎるということ。一年一作だから当然なんですね。それと困るのは、わたしは取材費を惜しまずに使うんですよ。それが必要経費として認めてもらえるといいんですけれども、なかなか、そうはいかないんですね。一つの取材をして、それを材料に他にも小説を書くような器用な作家でないと、日本の税法ではダメなんでしょう。わたしは職人根性といいますかね、気楽に書けておカネがもうかる、なんていうものが書けないんです。自分の原作の映画をだす映画会社に頼まれて、原作者のことばを書くのでも、三度書き直さなきゃ気が済まないんです。ことに長編小説の第一回目は、わたしは必ず一カ月かかって書いてます。第一回目がちゃんと書けていないようなものは、職業作家として通用しませんよ。

荒垣　おカネといえば、あなたは、東京へ電話をかける時は、夜おかけになるそうですね。

山崎　はあ。午後八時以後は半額で済みますから（笑）。取材となればどんなにかかっても、使いますけれども、生活費はムダをしません。やっぱり大阪の根性ですね。

荒垣　こんど「週刊朝日」にお書きになる音楽集団のテーマですね、いつごろ、どんなことから発想されたんですか。

山崎　パリで音楽をきいてるときに、みんなは純粋に音楽をきいてるけれども、もしかりに音楽鑑賞団体にある一つのイデオロギーをもちこまれたら、どういう現象がおこるだろうか、ということを考えたことがあるんです。それが発端といえば発端ですね。だから、巨大な音楽集団というものの組織と運営を牛耳る人たちの人間くさい動き、力関係、そういうものを書きたいんです。音楽集団というのは、労音、音協、民音、この三つが実在しますね。しかし、わたしは労音を書くわけじゃないし、音協でも民音でもない。作家のわたしの頭のなかに生れた、ある一つの巨大な音楽集団を書きたいわけです。だから、取材には慎重と公平を期しまして、その三つの団体を公平にしらべたんですけれども、どうまちがったのか、わたしが労音をやっつけるというふうにとられて、小説が始る前から話合いをしたいと申込まれてるんです。

荒垣　『白い巨塔』では医学の専門的なことがでましたけれども、こんどの『仮装集団』でも音楽が……。

山崎　音楽そのものは小説になりませんし、わたしは音楽は強くもないし弱くもない、あの曲は好きだ、これはきらいだ、という程度ですから、とくに専門的なことは書きません。音楽集団のなかでの人間関係を書くんですから。

荒垣　山崎さんは一種の悪党とか権力闘争のボスだとか、世故《せこ》にたけた黒幕のような人間をお書きになりますね。見掛けによらず、案外な感じなんだけれども（笑）。

山崎　わたしは権力の座にいる人が大ッきらいなんです。日本の小説の気に入らないことは、どうしてみんな、きれいごとばかりで、いい人間ばかりを書くんだろうかということです。わたしは醜悪なやつを書くことによって、それをとおして人間本来の正しいあり方を表現できたらいいと思ってるんです。ですから、さし絵に困るんですよ。日本には悪人の描けるさし絵画家があまりいません。『白い巨塔』のときも、何十人かの方に描いていただいて、結局、田代光さんに描いていただいたんですけれども、こんどの松田穣さんも悪人が描けるんです。どなたでも、悪人を描いてくださいというと、困ったな、といわれるんです。

荒垣　その悪人の絵というのは、どういうところでわかるんですか。

山崎　目、それからほおの肉、手の表情もありますね。悪人はごはんを食べる食べ方もちがうはずなんですよ。

荒垣　作者のさし絵画家に対する注文として、ひじょうにおもしろいな。

山崎　いまが、わたしとしては鼻血がでるほど、つらい時なんです。第一回目がでてしまえばいいんですが、分娩前の陣痛期ですよ。寝ていて夢にも見る、ほんとにいやな時期です。長編の第一回は、これで勝負がきまるんですからね。名優といわれる方は〝出〟がいいですものね。小説だって第一回目でピシャッときまらなかったら失敗です。こんどの小説はわたしにとって試金石になるでしょう。まちがえば失敗するかも知れません。危険のあるテーマですからね。でもやりがいのある仕事なんです。えらいものをやりだした、みんなの書いてはるような恋愛小説にしとけばよかった、なんて思ったりしますけれども、巨大な音楽集団の内部と、それが社会とどう関連するか、一つの問題提起だと思っています。

（「週刊朝日」荒垣秀雄連載対談　時の素顔⑯、一九六五年九月二十四日）

荒垣秀雄（あらがき　ひでお）
一九〇三年生まれ。元朝日新聞記者、ジャーナリスト。

岐阜県出身。早稲田大学政治経済学部卒。東京朝日新聞社入社後、社会部長、マニラ総局長などを経て、論説委員として十七年の長期にわたり、看板コラム「天声人語」を執筆。その功績により、一九五六年、菊池寛賞を受賞。

退社後はエッセイストとしても活躍、主著に『天声人語』『国栄えて山河ほろぶ』『花と緑のことば』など。日本自然保護協会の会長も務めた。一九八九年死去。

小説に〝聖域〟はない

秋元秀雄（経済評論家）×山崎豊子

絵そらごとが現実に

秋元　この『華麗なる一族』という小説の一つの面白さは、小が大を食う、小さい銀行が大きい銀行を呑み込んでしまう、という企業社会の意外性にあるわけだが、最初からそれを面白さとして設定していたわけでしょう。

ところがたまたま現実に、神戸銀行と太陽銀行の合併の話がまとまり、行名は太陽神戸銀行だが、本店を神戸にした。地銀的都銀の神戸が、東京の銀行を吸収したという感じになる。偶然の一致でしょうが、山崎さん、どう感じましたか。

山崎　小が大を食うというのは、あくまでも小説的設定の面白さで現実の合併では無理ではないですか。現実は大が小を食う、しかしそれじゃ小説にならないから。今回はどうなんですか。

秋元　多分、二行合併ではすまないで、もう一つ三行合併が背景にかくれているような気がする。神戸と太陽が第三の合併を頭にえがきながら合併したという感じなんだ。

山崎　そうすると小説の結末とまたまた合うわけですね。弱ってます、私は……（笑）。

秋元　だからぼくは面白いと思った、率直にいって。

山崎　秋元さんはおもしろいかもしれないけれど、私は小説を地でいく合併だとか、あの大蔵省随一の秀才だった石野信一神戸銀行頭取が、小説にヒントを得て合併を考えたのだろう、というたいへん失礼な噂の火ダネになって、申しわけないと思ってるんですよ。

秋元　ただこういうことはいえる。銀行の世界に限らず、鉄の世界でも、どこの世界でも、並みの発想ではこの荒波を乗り切っていけない。だから現実の世界にも、小が大を食うような合併がこれから出てきますよ。

山崎　じゃあ偶然の一致ですわ。

秋元　そうかもしれない。それだけに一般の人が小説を地でいく合併だと、いい出したのかもしれない。

山崎　私があの小説を書き始めたころは、小が大を食うということは考えられなかったわけでしょう。三年前ですけど。

秋元　そうね。この小説が始まったころの金融界の情勢は、大銀行同士の合併もあり得るという意味の、金融再編成が話題になったころで、合併というのは弱肉強食だね。だから人はこれをガッペイといっているけれども、ほんとうはゴウヘイだ。あのゴウヘイという語感ね、それが合併の本当の姿なのだという考え方だった。だから作者としては、現実にはそういう設定はあり得ないだろうと思ったのだろうが、小説が進んでいくうちに、世の中が変ってきたんですよ。

山崎　それだけライフ・サイクルが短かくなったんでしょうか。小が大を食うことは小説的発想、小説的興味、絵そらごとかもわからないけど、絵そらごとを絵そらごとでないように組み伏せて書くのが小説だと思って、やっと苦労して書き上げたころには、現実がそのサイクルに合ってきたということかしら……。

多くの場合、合併は全くの対等合併という形式をとるが、その実は、どちらか一方の吸収合併が多い。だからこそ合併は、単なる手続きに終らないで、人間の相剋のドラマになるのだ。そして弱肉強食型の支配が広がっていく。この小説を読み進めているうちに、地銀的都市銀行が、東京に根を下ろしている大銀行を吸収合併しようとしている意図が露骨にみえてきた。しかし正直いって私は、それほどの意外性を感じなかった。

弱肉強食は、単なる企業規模の大小でなく、経営者の〝強弱〟によって展開することもあるからだ。最近の株の買い占め事件などにも、そういうケースが目につくようになった。それを山崎さんは、あくまでも偶然の一致にすぎないといいながら、企業社会の

ライフ・サイクルの変化かも知れないという。経済は専門のつもりでいたが、逆に教えられたように思う。（秋元）

まず人物を設定する

秋元　やっぱり人物の設定が、いちばん問題だったのでしょうね。

山崎　小説づくりでいちばん苦しむのは主人公ですね。主人公の性格即小説だといってもいい。ですから万俵大介を主人公にして、万俵一族を形成し、はじめ舞台を鉄鋼業で考えました。三カ月ほどかかって鉄ばかり勉強した。高炉づくりの煉瓦積みまでね、ずいぶん住友金属で勉強させていただきました。ところがどうしても、自分の考えた万俵と製鉄会社のイメージが合わないのです。

企業悪と官僚悪の結びつきという線では、鉄はもってこいの素材なんですが、表づらと内づらの非常に違う経営者……、そんなイメージを辿っていくと、万俵大介は製鉄会社の社長じゃ合わない、そこで急遽、銀行家に変えたのです。企業小説と違うところは、まず人物を設定して、それからその人物の性格、ものの考え方に応じて就職をきめるわけです。

秋元　産業人というのはその土地の中から何かを作り上げていこうというローカルな育ち方をする。バンカーは別に、そこの土地でなくても、どこでも金の流れさえ追っかければいい。だから無国籍的なところがあるんだね。おそらくあなたが最初に設定した万俵大介は、野心に燃えた、生れと育ちはローカルだが、やがて中央に雄飛しようという男ではないかと思う。そういうことになると、鉄屋さんではおさまり切れない、はみ出してくる部分が出てくる。

山崎　それとあの中で、自分の企業の野望のためには息子さえも犠牲にできるという、この性格は、すべての銀行家がそうだという意味じゃないけれど、どの職業を選ぶかといえば、やっぱり銀行家ということになるんですよ。

秋元　〝国破れて銀行あり〟なんて言葉があるからね。

山崎　そういう非情さはやっぱり銀行家でなくては。鉄鋼マンなら自分の息子の死をも犠牲にして企業的野望は遂げられないでしょう。

秋元　銀行を取材してみて、金融人と産業人とは相当違う、という感じを持ちましたか。

山崎　銀行家にいちばん感じたのは、具体的な創造性を持ってない欲求不満みたいなものでした。

秋元　それだけに次から次へと野望が広がっていく、際限もなく。人の会社を金を貸すことによって支配する。支配された側にどんな悲劇が起るか、そんなものは最初から眼中にないという非情さがあるね。

山崎　それに銀行というのは現代の聖域ですね。守りが堅い。閉鎖性、壁の厚さと高さは、『白い巨塔』のときも感じましたが、金融は、医学界以上の聖域だということがわかりましたね。

秋元　親爺が銀行の頭取で、息子が系列の製鉄会社の首脳というつくりは、どういう発想から？

山崎　本当のことをいえば、三カ月も一生懸命鉄のことを勉強したから、なんとかしてこれを使わないと勿体ないという思いと（笑）……、案外使ってみれば鉄平のように鉄に生き、鉄に死んでいく、一つの潔さ……。

秋元　現実の鉄鋼マンには、なかなかそういう潔いのがいないけど。一業に徹するなんてのはね……。しかしそういう意味では鉄平の末路は、古い企業社会を生きてきた人には納得できるんだろうね。

山崎　そうすると彼を技術屋出身にしたことは、あぶなくセーフだと思いますね。このごろの読者は、小説を小説として読む訓練というか、割り切り方をあまりしていないから、現実と小説をダブらして考えますね。

秋元　そうなんだな。「ゴッド・ファーザー」なんてのが出てくると、すぐそれを経営組織論、経営戦略論と結びつけて、何か書けなんてマスコミがいってくるし……（笑）。

山崎　さっきいい忘れましたが、妻妾同居という完全な二面性ね、一歩家を出れば厳正公正なる銀行の頭取、一歩中に入れば妻妾同居、あれはどうですか？

秋元　銀行の頭取が妻妾を同居させたというのは、もし現実にあったとしても昭和の初期までだろうな。いまのように経営者が私生活までのぞかれていると、とても……。

山崎　でも、外に囲うよりは秘密が保てますよ。ある意味で完全犯罪ですよ。

秋元　いや、外資の目だってあるしね、外資は経営者の私生活から見ますからね。どこが盲点か、強いところかという、アメリカ系のそういう調査機関も現実にあるしね。だから日本の大企業の経営者たちは、タイの玉本方式は気をつけてますよ。とくに銀行の首脳は外に、女性をつくるときも、芸者衆には手を出さない。すぐに知れ渡ってしまうから、仲居をねらう。仲居でも芸者より美人がたくさんいるからね。安上がりだし、目立たない、口が堅い。そういうのを狙う。なかなかひとの目につかないね（笑）。

企業悪と官僚悪を引き出そうとして、最初は万俵大介を鉄鋼経営者に仕立てようとしたという。〝鉄は国家なり〟、国家権力と最も身近かにいるのが、鉄鋼の経営者というイメージがあったのだろう。しかし鉄鋼経営者というのは、ローカル性というか地味豊かな産業人——野武士的な集団ともいえる。たしかに万俵大介では、ワクからはみ出してしまうだろう。

つまりある意味で万俵は、銀行家らしくない銀行家でもあるが、やはり山崎さんに、そんな銀行家を創らせたカゲの人物がいたことが、つぎの話で分かった。といってそのひとは、妻妾同居を地でいっているひとでは決してないが……。（秋元）

「書くからには正確に書きなさい」

山崎　あれを書き始めるときに勇気づけてくれた人の話を聞いて下さい。三菱銀行会長の田実《たじつ》渉《わたる》さんです。そのころ頭取で、全銀協の会長でした。田実さんに、こういう小説を書いても大丈夫だろうかと相談したんですよ。新潮社さんに迷惑を掛けてもいけないと思ってね。田実さんは、いいさ、小説を小説と読む訓練ぐらいバンカーはできているだろう。しかし山崎さんにひとつだけいう、『白い巨塔』で財前五郎と里見助教授を書いたように、悪之助頭取を書くと同時に善之助頭取も書いてくれ、というのが一つ、もう一つは、書くからには正確に書きなさいといって、その翌日から三菱銀行の頭取室から、下の営業部まで、全部見学させて下さった。

　三菱の田実頭取がそういう協力をしてくれた、という話は、すぐに広がり、取材さきの空気が大分緩んだと思う。それから、第一、三菱の合併の失敗話を聞かせてほしいといったら、四時間も話して下さった。一人の女の作家が小説を書くために、何でそんな不愉快な失敗話までしなくちゃならないのか……。私には田実さんの第一、三菱の失敗話が、小説での合併成功のストーリーの、じつにいい教訓となっているのです。

秋元　銀行を舞台にした生臭い小説を書いている人に、銀行合併の自分の失敗を淡々と話すというのは、なかなか幅のある人ですね。

恐らく田実氏は、合併話が煮つまってきたら、両行の首脳は、密談のために料亭にはいる時間を、互いにずらしたり、最後にはマンションの一室を借り切って話し合いを続けたとか、話が外にもれないための苦労話をおりまぜて、洗いざらい山崎さんに語ったのだろう。

しかし三菱と第一の合併失敗は、対等合併といっても、結局は第一の生き血は、全部三菱に吸い取られてしまうという、第一の行員たちの恐怖感にあったと思う。田実氏は、それをどんなふうに山崎さんに説明したか知らないが、もし田実氏の話が、大きな教訓になったとすれば、山崎さんも、そのあたりを十分に嗅ぎ取っただろう。(秋元)

山崎　あの小説連載中は、神戸銀行では頭取から守衛まで「週刊新潮」を読んでいらしたんですって。妻妾同居を、銀行の頭取ならこうするだろうと思って書いたわけなんですが、石野さんが、ああいう艶福家だと思われたら申しわけないと思うんですよ。

秋元　銀行のモデルはどうも神戸銀行くさい。地域的に見てね。

山崎　それから規模の点でも、そうみられたようです。

秋元　しかし万俵大介のイメージはむしろ当時の某行の頭取だな。彼は妻妾同居はしてなかったけれど、彼の発想、仕振り、官僚に対する操縦などは、万俵と非常に共通したものがあったからね、そっちの頭取の側近のほうが神経を使ったでしょうね。

山崎　黙して語らずです（笑）。

秋元　官僚も、大蔵官僚の一面が強烈に出ていましたね。

山崎　大蔵官僚ってみんなああいういやらしさばっかりではない、と思うんですよ。しかし官僚的いやらしさを象徴的に書くとね、どうしてもああなる。あの美馬というのが、とってもいやらしく読めるらしいんですね。

秋元　官僚の実態を知っている人から見ると、そう抵抗は感じませんよ。

山崎　私は功利的で計算ずくな官僚の典型として、美馬を書いたのです。

とにかくエリート官僚は毎年、三十人から四十人ぐらい同期生として入省する。だが最後に事務次官として残るのは一人しかいないし、局長も五、六人である。入省したその日から自分だけ生き残ろうという競争が始まるのだ。それこそ人の不幸はわが身のしあわせというような考え方になっていく。それがちょうど局長を一歩前にした美馬クラスになると、一次方程式から二次方程式、三次方程式へと生存法則が複雑になってくるのだ。（秋元）

「涙が出たサラリーマンもいるだろうな」

山崎　そうするとあの小説の最後で、義父の進めている阪神銀行と大同銀行の合併に散々手を貸しておいて、大臣からお前をもうじき銀行局長にしてやるから、お前の義父の銀行が今度は食われる合併を、裏から細工しろといわれ、それを黙って引き受ける。ドラマチックな効果を狙うための作りごとめきはしないかと思いましたけど、おかしくないわけですね。

秋元　おかしくないと思う。それにノンキャリの悲しさが出ているのがおもしろかったね。役人が登場してくる小説ではたいていエリート、キャリアが中心になるが、ノンキャリがエリートの下でうごめいて、はいつくばってもなんとか生きていこうという姿が出ていたでしょう。

山崎　ノンキャリを二つの形で出したわけです。もうあとわずかで地方の信用金庫に天降《あまくだ》らしてもらうために、大蔵省の極秘情報を美馬に渡して、卑屈にはいつくばっているのと、まだそこまでは踏み切れないが、金融検査官として威張り返って銀行の常務に背中を流させる、というコンプレックスの裏返しみたいのと……。

秋元　サラリーマンも役人や総会屋と温泉にいって、背中を流すようなコースを通らなければ偉くなれないそうだから。恐らくあのくだりを読んで、涙が出たというサラリーマンもいるだろうな。とにかくああいうノンキャリが出てきたのは面白い。それがかなり重要な役割を演じたりしてね。

山崎　私は庶民を書くのが大好きですから、エリート官僚よりもノンキャリを書くほうが楽しみなんです。やっぱり官僚を書くときには、エリートだけじゃなく、ノンキャリを書かなければウソですよね。

秋元　それと、あの小説を読んで一般の人が非常に驚いたことは、大蔵官僚が持っている銀行に対する権限の強大さだろうな。いまの役人行政の中で、大蔵省の銀行行政と厚生省の薬務行政、この二つは、昔からの代官行政と何ら変りないという感じだ。頭取、専務クラスが直ちに呼びつけられて、課長クラスに頭ごなしにやられる、具体的にはそこまで一般のひとは知らないからね。

山崎　ああいう役人に監督される銀行というのは、シンドイだろうと思いましたね。金融検査の仕方なんか、具体的にうかがうとたいへんなものですね。国税庁の査察みたい。

秋元　銀行の場合は、商品がカネだから、なかなかごまかし切れない。かといってどこの銀行も、必ずしも完璧な経理をやっているとはいえないから、銀行検査のときには、実はこういうまずい点があるのです、と自分のほうからいってしまう。しかしこれは来期のうちに必ず回収しますとか、これは失敗したので、責任者をクビにしましたということを、ある程度自分のほうからお上《かみ》にいう。

山崎　そこがまた銀行らしいいやらしさじゃないですか。

とにかく、これほどまで銀行の内幕、銀行家の姿を余すところなく浮きぼりにした小説は、ほかにない。山崎さんの恩師（？）三菱銀行の田実会長は「バンカーも、小説を小説として読みくだす訓練ができているから」と、いったそうだが、恐らく最後まで、そういう気持で読み続けることのできたバンカーは、少なかったのではないだろうか。
銀行合併の背景には、これまた自民党の総裁争いを想わせる実力政治家の角逐がのぞいていたり、単なる銀行ものではない、政治家、官僚、銀行家――現代の金権時代の主役が勢揃いしている、「華麗なる権力構図」の小説化だといっていい。（秋元）
（「波」一九七三年四月）

秋元秀雄（あきもと　ひでお）
一九二六年生まれ。元読売新聞記者、経済評論家。東京都出身。明治大学商学部卒業。読売新聞社では、主に経済記者として勤め、多くのスクープをものにした。退社後は、経済評論家として活躍。一九七七年より日本テレビの朝のニュース番組「ＮＮＮおはよう！ニュースワイド」でメインキャスター、その後継番組「ズームイン!!朝！」で、コメンテーターを務める。またＴＢＳの「情報デスク・Ｔｏｄａｙ」のキャスターも務めた。
主著に『小説　経団連』など。晩年はハワイで暮らした。二〇〇二年死去。

小説ほど面白いものはない

松本清張（作家）×山崎豊子

編集担当は小林秀雄

山崎　私、直木賞の授賞式のあと、すぐ第一ホテルに缶詰めになりまして、受賞義務の短編を書かされたんです。

松本　石原慎太郎君の受賞（芥川賞）のだいぶん前ですか。

山崎　石原さんよりちょっと後です、昭和三十三年ですから。大江健三郎さんが芥川賞で、直木賞が私と榛葉英治さんでした。

松本　われわれが受賞したころは、原稿の注文があまりなかった。

山崎　マスコミで騒がれ、受賞した月に三つの短編を書かされました。

松本　それはね、石原君以後でね。私は、二十七年の下半期。五味康祐と一緒だった。授賞式に行ったらね、当時の文藝春秋が、今の銀座通りにあって、その地下で佐佐木茂索以下社員ばっかりなんだ。お客さんは一人もいない。

山崎　まあ。

松本　そこで話しているのは何かというと、エロ話ばっかりやっている。われわれの作品に触れることもなし、もちろん審査員もお客さんも一人も来るわけじゃなし。それで、当時火野（葦平）さんの小説で、題名は忘れたけれども、ちょっと色っぽいもので、それを中心にエロ話なんだ。

山崎　信じられませんわね。私たちの時は、第一ホテルで。そして審査員の先生が一言お述べになるんですよ。佐佐木茂索社長もお話になる。一番困りましたのはね、受賞者が挨拶しなければならない。私は、一対一の時はいいんですがね、講演、座談会、ともかくとっても苦手《にがて》なんです。言語障害みたいなのが起りましてね。大江さんはちゃんと挨拶なさったのです。榛葉さんもちゃんと挨拶なさったの。私の番になったら、いえないんです。「私は山崎豊子です」それはそうですね。それから「ウーッ、ウーッ」といってあとが出ないんです、もう、上がってしまって。そうしたら、毎日新聞の編集局長が、後ろの方から「おーい、大阪弁でやれー」っておっしゃって下さったんです。それが、はっと、気つけ薬みたいになりましてね。私は当時、作家志望じゃなかったものですから大した受賞の言葉を用意していなくて、あわてて駆けつけていったんです。大阪出身の人が受賞したのは戦後初めてだということで、大阪の人は本当に暖かいですね。皆さん喜んでね、紅白のおまんじゅうをたくさん持ってきて下さった。それで受賞の言葉で「そのおまんは大きくて、本当においしかった。次から次におまんをたくさん戴いた」といったら、みんながドッと笑うんですよ。意味が全然わからなかったです。そうしたら、佐佐木社長が「今、山崎さんはおまんをたくさん戴いたといわれたが、大江君など大いにおまんを貰って頑張って……」といわれると、またドッと笑声が上ったんです。私ね、東京弁でおまんに「こ」をつけたら大変な言葉になるということを知らなかったんです（笑）。

松本　受賞の前に何か書きましたか。

山崎　一番初めに、自分の家のことを書いた『暖簾《のれん》』という小説。東京創元社の社長が、自分はいいと思うけれども、編集担当は小林秀雄さんだから小林秀雄に会ってくれと。困ったなあ、あんな人に会って、何を話したらいいんだと思って。で、お目にかかって、小説の素材が私の生家のことで、昆布の卸問屋のことですから、四、五十分、はじめから終りまで昆布の話だけしたんです。小説の話は何もしないのに、結局小林秀雄先生に採用していただいて、それが第一作で。森繁さんが芸術座でおやりになって、それから映画になって、非常にラッキーでした。第二作が、「中央公論」で『花のれん』を連載して、それで受賞したんです。ですから、まさかと思っていましたからね。

松本　山崎さんは短編はあんまり書いたことないんですか。

山崎　いいえ、『しぶちん』という短編集があって。私は、実は長編より短編のほうが好きですね、自分も短編を書きたいんです。受賞第一作の『船場狂い』を書きました時に、ある評論家の方が、あなた、モーパッサンの『首飾り』読んだかとおっしゃったから、いいえ、バルザックの『人間喜劇』と称される長いものは好きだけれども、短編は読んでいないといったんです。あれによく似ているよといわれましてね。作家として、似ているといわれることは、屈辱ですからね。それで読んでみたんですがね、ストーリーは違いましたが、発想はよく似ていましたね。短編というのは、やっぱり面白いですね。

松本　短編集があるんですか。

山崎　あります。昭和五十八年十月に中国作家協会の招待で向うに行ったんです。そうしたら『日本短編小説選』というのが出ていまして、そこに『船場狂い』と『死亡記事』と『しぶちん』と、三作選んでありました。その選び方がうまいんですね。中国で、よほど小説のわかる人が読んでいるんだなと思って。

松本先生の場合は芥川賞をおとりになった『或る「小倉日記」伝』に代表される、私の嫌いな言葉ですけれども純文学、それから社会小説、推理小説、いろいろな分野のものをお書きになっていますよね。『現代官僚論』なんかは、評伝というんでしょうか、文明論というんでしょうか、何の部類に入るのでしょうか。

松本　小説としての表現ではね、やはり、どこまでがフィクションでどこまでが事実なのか、その境界が読者にわからない。それから、フィクションであいったものを書くには限界があるわけです。だから、半ば評論的な、半ば記録的なものをやってみたんですがね。
私の場合はね、他人《ひと》の小説はわりと好きで読んでいましたけれどね、自分が小説を書こうという気持はなかった。でも、たまたま「週刊朝日」の懸賞小説に、これは賞金欲しさで書いたんです、賞金稼ぎ。

山崎　三十万円だったそうですね。

文体が変わってきた

松本　いや、いや。そんなにくれない。一等は三十万円だけれども、私が朝日の人間だということがわかっちゃったから、三等なのよ。二等が南條範夫に五味川純平です。私の作品は『西郷札』というんだけれども、たまたま百科事典を読んでヒントをとって、書いて、出した。十万円貰った。当時の十万円は大きいですよ、昭和二十五、六年ごろだから。それで、さもしい考えだけれども、懸賞の小説を書くということは、これはお金につながるなと思って、それで、アルバイトのつもりで、懸賞小説でも書こうと思っていたところが、その『西郷札』がいきなり直木賞候補になったの。それで、これはちょっといけるんじゃないかと思った。けれども、さて、何を書いていいかわからない。題材を何に求め、どういうスタイルの文体で書き、そしてどのようなストーリーの展開にすべきか。今まで読んだものがいろいろあるが、さて自分のものとなると、どういうものを書いていいかわからない。まず、文章の問題。自分の文体をどのようにして創るかと。これ、かなり苦労しましてね。それは、あとまでなかなか創れなかった。

ある時、中山義秀の小説を読んだら、『碑《いしぶみ》』だったかな、あれは。硬質な筆で、簡潔な文章で。これはいい文体だ、こういうのでいけるんじゃないかと。初めのうちはそういうものを、お手本ではないけれども、頭に浮かべて書いていた。そのことをあとで私は発表した。そうしたらその後、直木賞の選考委員会の会場の「新喜楽」のトイレで、偶然中山さんと隣り合わせになった。連れ小便しながら、中山さんが私に「きみね、僕の文体を真似しているというけれども、全然自分のは役には立たないよ」と。「まあ、一つの踏台にはなるけれども、作家というものは、その踏台から自分の文章を発展させる」といった意味のことをいったわけね。私はね、芥川龍之介の文体はね、非常に素晴らしいと思う。ところが菊池寛のそっけのない文章の方が、芥川よりもじかに気持の中に入ってくるわけね。芥川の絢爛たる文章は、非常に技巧的だけれども、なにか文章が遮《さえぎ》ってね、胸を打たない。知的な、理知的なものだけどね。だから彼が下敷きにして書いた『今昔物語』や『宇治拾遺』にしても、ああ、こういうような見方があったのか、こういうようなつくり替えがあったのかという参考にはなる。けれども、若い時は芥川の文章は素敵だと思ったけれども、だんだんそれが鼻についてきて。あれは短編の文体なんだ。芥川があの文体で長編を書いたら、これは読めやしない、読んでもしんどくてついていけない。

それは三島由紀夫についてもいえることなんです。例えば『豊饒の海』、あの長編を三島流短編の文体で読まされるので、しんどい。あの中の大和の大神《おおみわ》神社にこもる話ね。これは実際に彼が大神神社にこもって書いたメモがある。それと本文と読みくらべると、ほとんど同じなんだ。あれだけ文章的にもくわしい下書きを取れば、本原稿を書く時は、もう感興がなくなると思うんだけどな、私などには。メモは要点だけのほうがいい。そのほうが書くときに感興が湧く。だからね、三島の文章は短編に特色を発揮する。初期の短編はみんないい。晩年近いものでは『橋づくし』がいい。ああいう古風な世界が、三島の文体に奇妙な効果を出していると思う。鏡花ではないんだ。ところが『絹と明察』ね。あれは三島も失敗作と認めていると思うけれども、柄《がら》にないことが書いてあるわけだ。近江絹糸の労働争議が出るでしょう。労働組合のストの闘士が出てくる。赤旗がひるがえる。それを支援する女工さんが出てくる。二人の恋愛がはじまる。これは三島の世界じゃないよ。慣れないところを、なんとか文章の技巧で埋めようとして失敗した。

山崎　私の場合は故郷の大阪を舞台にした、いわゆる大阪ものを書いている時は、独特のリズムがあるんですね。自分でも不思議です。大阪弁の会話を書いていますと、会話の文章が地の文にも入ってきて、独特のリズムがあるんですよ。かつて木下杢太郎《もくたろう》が「大阪には特殊な商人階級の習慣から生れた特殊な美しい言葉がある、その言葉を以て、詩、或いは戯曲としてすぐれた芸術をなすものはないか」といわれましたね。そういえば谷崎潤一郎の『細雪』など、そうですね。
私の場合は大阪もの――勝手に皆さんがおつけになったのですけれども――と『白い巨塔』では文体が変っていると思うんですよ。医学の世界を描いた『白い巨塔』で、素材が文体を変えるということを初めて知ったわけです。つまりね、手術の場面なんかね「メス！　コッフェル！　クーパー！」ならいいんですよ。「メスが鋭く光った」「赤い血が流れた」とか「淡黄色の臓器が現われた」なんて書くとおかしいんですよ。「メス！　コッフェル！　クーパー！」「食道、噴門《ふんもん》部、淋巴《リンパ》節《せつ》、腫瘤《しゆりゆう》」というふうに、器具の名前、臓器の名前をぶつっ、ぶつっと並べるだけの方がリアリティがある。素材が大きくなると、形容詞なんかは拒否しちゃいますね。事実の積み重ね、重み、そんなものがどんどん前へ行ってしまいます。これは、とてもいい勉強になりました。その後『不毛地帯』、『二つの祖国』と、素材が大きければ大きいほど、重ければ重いほど、人間の頭で考える文章の巧い形容詞なんて拒否しますね。それは経験しないとわからないことですね。簡潔な文体をお持ちの方は天才で、最初からわかっていたんじゃないかと思うんです。私は書いてみて初めてわかったんです。そういう経験はございますか。テーマが文体を変えるという――。
松本　それは、あんまり自分では意識しないけれども、あるいは自然にそうなっているかもしれないね。天才は論外です。ただ、さっきの話だけど、文章の技巧、その巧緻な作家はね、だいたい若い人が多いんです。人生経験が豊富でない若い作家は、文章がびっくりするくらいにうまい。そのかわり、それは人工的なテーマなんです。だから私は、三島由紀夫が『花ざかりの森』で出てきた、それを読んだ時、感受性の豊かさにおどろいた。ちょっとした情景から心象風景を展開していくことは素晴らしいと思った。だけども、そういう感覚的なものばかりじゃ作家として小さくなる。そこで、彼はプロットのある題材を求めて、次第に『金閣寺』から発した滅亡の美というのか、彼一流の「美学」を展開する。それが行きつくところは、もう題材がないから、例えば二・二六事件を思わせるような陸軍士官の切腹。事件のわきのほうには、そういう事実はあるんだけれども、それに目をつけて、切腹という、一つの最高の滅亡の美をみつけたわけだ。ところが、それからだんだん、だんだん国家主義的なものに題材を求めていった。これは三島由紀夫の柄じゃない。彼は題材のためにそのように流されていったわけだ。

同じことは、大江健三郎さんにもいえると思う。彼の最初の『死者の奢り』を「文學界」で読んだ時は、おどろいた。あの短編は素晴らしい。その感受性は三島由紀夫の初期の短編を思い出させた。ところが、ああいう感覚的なものは、題材が続かないというのか、長続きがしない。テーマのある長いものが書きたくなる。そこでアメリカ兵に題材を求めて『芽むしり仔撃ち』などの方向になっていく。そうすると、大江は、反米だとか、進歩主義者であるというような目で見られてくる。大江さんは学生運動家からアイドルにみられた。しかし、三島、大江の二人はもともと国家主義とか、急進的な反米主義とかいった素質ではない。若くして文壇に登場して、人生経験が少ないために、恵まれた感受性と才筆の小説を書いていた。けれども題材主義から、心ならずもああいうものに流されていった、両極面にね。三島も大江も、まったく反対のようだけれども、長編の出発は相似している。二人とも「小説」はあるが「イデオロギー」はない。だから、大江さんが自分の家庭のことを書いて評判がいいというのは、私はその辺から、彼の当然受けるべき評価を得たなという感じがする。

ニッポン株式会社、文壇自民党

松本　ところで、私も中国へ十月に行ったのよ。それで周揚さん（中国文学芸術界連合会主席）に会って中国の小説は面白くないと言ったんだ。じゃ若いものに会ってくれというんだ。それで翌《あく》る日二人に会った。そのうちの一人は、農民を糾合して明の王朝をひっくり返した李自成《りじせい》を書いたベストセラー作家の姚雪垠《ようせつこん》さん。私がいったのは、あなたが李自成をテーマにするのは、主人公の李自成自身が面白いからだ。だからベストセラーになるんだと。小説というのは面白くなきゃいかんのだといったんだよ。ところが中国では、日本の戦前のプロレタリア小説、ああいうものを一種のサンプルにしておられるようだ。例えば小林多喜二の『蟹工船』あるいは徳永直の『太陽のない街』とかいうようなものが手本らしいけれども、今、日本でも時代が違って、プロレタリア小説というのは衰弱している。なぜかというと第一に面白さがないからだ。面白さがないというのは何かというと、教科書的になっているからいけないと。こういうふうな路線で行かなきゃいかんという先行観念があるから面白くない。それによって路線が敷かれているような小説だから面白くないんだと。

山崎　私は、逆に質問を受けましたね。日本でいう純文学というのはどういう意味だと。純文学に対して「不純文学」というものがあるのかと（笑）。それで、私は、そうじゃないと。通訳つきですからね、なかなか細かなところはうまくいえませんけれども、世界の文学のなかで、純文学という名のジャンルが別にあるのは日本だけでしょう、私も実に不思議なものだと思っているいると。

松本　そういうことをいった？

山崎　いいました。すると、純文学を否定されますかというから、否定も何も、小説というものは、いい小説か、よくない小説かしかないと思うと答えると、もう少し具体的にいってくれというんですよ。それじゃわかり易くいいましょう、純文学即私小説、私小説即個人小説ですと答えると、それなら、われわれ社会主義国家の人間には興味ないと。それから川端康成の『雪国』の中で、島村というのが、いったい何が職業で、何をして生きているのかわからないし、芸者駒子との退屈な生活とか、どうしてあれがノーベル賞を貰ったのかわからない、という質問にまで話が発展したわけですよ。

その時に思ったことは『雪国』はたしかに芸術作品であるけれど、ノーベル賞という人類に対する進歩と平和のための賞とは、性格が違うと思いました。それだったら、戦前に『生きてゐる兵隊』を書いて特高に引っ張られた、あの石川達三先生にふさわしいのではと思いましたよ。その気持は、松本先生にだってありますよ。それから文化勲章、大体あれは、国民の税金から出ている賞でしょう。「文化勲章」の上に「国民」という名前をつけるべきだと思いますよ。私は、松本先生がなぜ文化勲章をお貰いにならないのか、不思議。

松本　私のことは別として（笑）。

山崎　いや、私が聞きたいんだから答えて下さい。なぜお貰いにならないか不思議なんですよ。

松本　私のことは別として、文化勲章も芸術院会員もいろいろな事情があるらしいからね。欲しいとも思わないけれども、私を離れていえば、確かに不条理の、わけのわからないところがあるわね。もう一つはね、文化勲章を、仮りの話として、後輩が先に貰い、先輩がその翌る年にでも貰うとすると、先輩には非常にそれが不愉快らしい、後輩に先《せん》をこされたということで。仮りにそうだとしても、それはおかしいんで、作品に先輩、後輩はない。序列はあるよ、先に作家となった人は先輩、あとの人は後輩。だから後輩は先輩を敬わなければいけないと思う。しかし、こと作品に限るとなると、これはみな一線上に並んで平等なもの。昨日出た新人も、すでに評価の定まった芸術院会員あるいは文化勲章クラスの先生方も、みな同じ一線上。その線で作品を評価すべきであって、先に出たから、あとから文壇に出たからという序列で決めるべきものじゃないと思うんだけれどもね。

山崎　中国には文壇というものはあると思われますか。

松本　文壇というのはね、つまり商業主義でないと文壇というものは成立しないと思う。

山崎　でも、アメリカにはないですよ。

松本　それは、英語国がアメリカだけじゃなし、広く世界的に共通するからですよ。

山崎　戦後の日本で、企業でも何でも、戦争を境にして変っていますのに、変らないのは文壇だけだと思うんですよ。

松本　いや、文壇というけどね、今はだんだん消滅していますよ。菊池寛時代、あれが文壇の一種のギルド的な代表の形だと思うけども、当時の文壇は、相互扶助で、仕事がない人にも仕事を世話しましょう、あるいはそのためにボスがカネを出して同人雑誌をつくるといった面の機能があったわけです。今は実力主義で、一人一人が一国一城の主なんだ。だから、閥外の人でも、これは有望だと思ったら、編集者はその人へ殺到するわね。そういう意味では文壇というものはなくなった。けれども一方では、文壇政治的な取引きがあるわけだ。取引きといっちゃなんだけれども、思惑があるようです。そういう意味では文壇はあると思う。

山崎　だから、文化勲章を頂点とする、何とか文学賞ってたくさんありますでしょう。それに関しては、やっぱり日本の文壇は、ニッポン株式会社、自民党的ですね。

松本　そういう意味では文壇は存在しているけれども、文学と縁もゆかりもないものなんだ。

今、なぜ小説が面白くないか

山崎　小説ほど面白いものはないですね、人間ドラマですものね。ですから私の場合、素材に商社を持ってこようが、医学界を持ってこようが、金融界を持ってこようが、人間ドラマなんです。人間が人間ドラマを書けるというくらい、こんな楽しい、血もしたたるようなことはないですよ。

松本　それはね、人間が面白くてしようがないといったのはサマセット・モームなんだけれども、本当にそうだと思う。人間が面白くてしようがないんだ。

山崎　舌なめずりするほど面白いですね。

松本　だから私は小説が好きなんだよ。けれども、面白いには面白い要素があるわけだ。今まではそれがあった。それが今は、その要素がうすくなってきているということだね。日本というのは、明治の末に自然主義というのがフランスから入ってきて、田山花袋あたりが『蒲団』なんかを書く。そうすると「私」を中心にした特殊な「私小説」というジャンルが出来て、それが長い間文壇の主流だったわけだ。文壇の主流だから私小説が一見純文学に見える。それから高見順あたりがいっていた「ヘソのある小説」、何を書いても、そこに自分というものが、血が通っていなきゃならんという。それが純文学であるというならば、じゃ、漱石の小説は何か。漱石の作品は全部自分のヘソがあるかと。ありゃしないじゃないか。それから芥川だって、どこに自分のヘソがある、あの短編小説に。ということを見ればね、それは全く私小説擁護の立場の、一方的な純文学論でしかない。それを平野謙までが私にいうんだから。平野さんおかしいじゃないかといったら黙ったけど。これは「群像」の対談に出ていますがね。

というようにね、全く私小説というものが文壇の主流を占めてきたということの誤り。それからもう一つはね、大正から昭和にかけて、日本の社会情勢が今とは違っているんですよ。そのころは日本の社会というのは非常に貧乏だったんだ。だから、葛西善蔵の私小説には実感があった。それは、女性との関係でもそうなんだ。だけれども、社会状況が違い、今の私小説を書く人には、そういうような共感性を呼ぶような作品はない。要するに、ひとりよがりに終ってしまう。今は立派に食えるわけだ。食えるといっちゃ失礼だが、葛西善蔵のような貧乏をしなくてもすむわけだ。飢餓の状態でない。飢餓状態があってこそ、エモーションなるものが作品に凝結すると私は思うんだけれども。こういうようなぬったりとした世界に、今のサラリーマンはマイホーム型になるけれども、それと似たような、それよりももっといい環境のなかに小説家がいれば、飢餓の状態はない。そうすると、そういう自発するものがないから、作品がつまらなくなる。それが純文学作品に及んでいる。

そういうふうなことから小説が衰弱してきて、今、われわれから見て明らかに落第品が文芸雑誌に載っているわけだ。そして、文芸雑誌に載ったからといって文芸時評の対象になる。で、適当に褒《ほ》めることになる。しかし、純文学にも通用しない、それから一般的な小説雑誌、そこでも通用しないような、箸《はし》にも棒にもかからない小説が、たまたま文芸雑誌に載ったからといって、純文学と見られるという不思議さ。これを訂正しなきゃいけない。これは編集者の責任でもあるわけだ。それと、もう一つは新聞の時評を書く人の責任でもあるわけだ。あるいは読書欄の読書委員の人たちの責任でもある。

山崎　私がいってもだめだけれども、松本先生の発言力は大きいから、拍手を送りますよ（拍手）。

松本　私は朝日新聞の読書委員を一時期務めたことがあるんです。名前は出しませんが、驚くべきことに一部の委員は、ある作者の名前を表紙で見ただけで、一ページも開かずにそのままボツ。私は古代史とかそういうものを見ましょうといって、その方面の書評をやった。そして、たまたま当てられた本に対して批判を書いたんだ。つまり、読書欄は褒めるばかりが能じゃないと。やっぱり批判の対象になるものを取り上げるべきだという建前から批判を書いた。そうしたらこれはボツだよ。ところが、あとで、私の『青木繁と坂本繁二郎』というのが、朝日の読書欄に訳のわからない酷評で載った。私は朝日の紙上で反論したよ。こういう現象があっていい。

山崎　だから、こうじゃないですか。小説が面白くない理由は二つあると思うんです。まず、現在の作家が不勉強だということ。

松本　それは確かにある。こういう場合はね、批評家になって、自分のことは棚に上げていわなきゃ、これはいえないわ。

山崎　やっぱり、不勉強ですよ。作家は不勉強で、ぐうたらで、自己陶酔型ですよ。二番目は、編集者がだめ。もっと厳しく作家をしごくべきです、編集者が。

松本　それは声を大にしていったらいい。

山崎　名前は遠慮しますが、私には一人だけ、こいつはという憎き《にっく》編集者がいるの。にっくき！

松本　やっぱり女性だね、これは（笑）。

山崎　いや、あの大編集者をウーンとうならせてやろうと。

松本　ああ、そうか。それはいいんじゃないの。

山崎　その一念でね、本当にペンを持つ時、掌《てのひら》にプップッと唾《つば》を吐いてね、万年筆をこうやって（立てて）握ってね「あの憎き奴め、あいつめ」と書く。つまりね、小結が横綱の胸を借りるのと一緒ですよ。

松本　ああ、そうね。

山崎　そういう編集者が、このごろはいなくなった。

松本　それは非常に小説のわかる編集者だろうね、その「にっくき」奴は。

山崎　ええ。純文学とか何とか、そんな小児病的なことはいわない人。いい小説か悪い小説かだけでしか見ない人。

松本　そういう人は、もういないよ。

山崎　だから、私にいわせればね、一年も二年もの連載小説の時なんか、一回一回、値段を違えて原稿料を払ったらどうかというの。よかったら原稿料をたくさん払って、悪かったら落とせばいいと。それぐらいシビアであっていい。私は、上手下手は別にしてね、『二つの祖国』を三年間連載して、一回も手を抜いたことないですよ。文壇レベルで、あの先生は偉いから幾らで、これはまだ中堅だからと。そんなのでやられちゃ困ると。作品で評価してくれと。

松本　評価となると、いったい誰が評価するかということが、また問題になってくるんで。新人の原稿を読んだ編集者が、ここはいけません、あそこは直したらどうですかとチェックする。あるいはもっとひどいのになると、これは私のほうには向きませんと断わる。オールマイティの権限は編集者にあるんだ。その場合に、その編集者が、その作者以上の才能を持ち、作者以上の文学的素養を持っているかどうかが問題になってくる。

山崎　私は、その「にっくき」のがいましたからね。細かいことはいいませんね。どこかポンと一言いいますから、それが本当になるほどと、このおじさんには負けたと思いますよ。私は、その点、恵まれました。私は、ある意味で、編集者に育てられた、非常に幸せな作家です。

一番こわいのは読者

松本　さっき、編集者、あるいは他の小説家諸公が勉強しないという話が出たけれども、それは山崎さんが一つのテーマをみつけ、その世界の取材をいろいろと突っ込んでやっておられる、そういうことから得た知識に比べると、何もしない、ぐうたらやっているのが多いんだ。そして知識というものが全くないのに、から威張りに威張る。

山崎　そう、そう。

松本　それをいっているわけだ。

山崎　そうですよ。もう少し足許を見てくださいということをいうんですよ。一番私にとってこわいのは読者です。読者の目は高いですよ。一番勉強が足りているのは、このテレビ時代において、小説を読む読者ですよ、厳しいですよ。だから、私はやっぱり読者に対《む》かって書いていますね。

松本　その読者がまた問題でね、いったいどこに照準を合わせるかだよね。中国に行った時も、向うの作家が、中国は人口が多いと。自分が書く時に、どこに読者の目安を置いていいかわからないというんだよ。あなたはどうですかと私に質問なんだ。私は、それは日本においても同じだと。日本にもいろんな階級の人がおり、いろんな知識の分野がある。また、男性もいるし、ご婦人もいる。けれども私が書く時には、結局、自分が読みたい小説を自分で書くと。ということは自分の興味のあるものは、恐らく一般の読者にも共通した興味に違いないということを信じて書いていると答えたわけです。

山崎　私も同じですね。読者のどこに目安を置くかなんていうこと、これは大海で粟粒を探すようなものでね、そんなものわかりませんよ。だから私が書きたいものを書いた。それを私と同じ共感をもって読んでくれる読者がいる。いつもそう信じて書いています。

松本　そうすると、いわゆる文壇小説——括弧《かっこ》つきの「純文学」でもいいけども——を書いている人は、その読者をどこに求めていると思いますか。

山崎　自己陶酔じゃないですか。そういう人たちは、自己至上即、芸術至上主義に溺《おぼ》れて書いているんです。

松本　しかし、自分だけのひとりよがりじゃ困るわけで、自分のために書いていることが、読者の共感、普遍性、そういうものに通じないと困るわけだ。

山崎　ずっと前、私は読者のために書いているといった時、軽蔑されましたよ。通俗的だと、大衆作家だと。私は、大衆作家といわれるのはありがたいと。私はトルストイは世界一の大衆作家だと思っていますもの。

松本　私がよく講演会に行って話すことは、つまり立派な職人の創ったもの、その最高が芸術だということ。彫刻の場合、快慶とか運慶とかという作者の名前が出てくるのは鎌倉時代からです。天平のころには作者の名前は出ない。飛鳥時代に止利《とり》仏師という名前は出るけれども、これはそういう彫刻集団の代表者の名前だ。だから、要するに、本当の芸術作品というのは、芸術を創ろうという意識をせずに、その職人が最高のものを仕上げようという、その意欲で創って出来た立派なものが芸術品だと、こういうことをしゃべるわけだ。今度、自分はライフワークを書くんだとよくいいますね。ライフワークというのはね、出来上がって、評価が定まってからでないというべき言葉じゃないわけだ。それを平気でライフワークという。ライフワークというのは立派な作品というのと同義語だから、これは、思い上がりもはなはだしいといわざるを得ない。つまり、自分の書くものが芸術作品であるということを意識しているんだ。しかし、それが芸術か芸術でないかは、それを鑑賞するものが決めるわけだ。

山崎　むしろ後世の人が決めるというわけですか。

松本　で、後世に待つとかなんとかいっているわけだよ。後世に待つといったって、菊池寛は十年後にも、自分の作品の評価はあやしいといっているわけですよ。例えば、日本文学全集が改造社から始まり、筑摩やその他、いっぱい出てるわね。ところが、あのたくさんのなかに、正当な評価を受けられないで埋もれていた作品が、あるいは作者が、その全集によって浮かび上がってきたという例は、いまだかつて聞いたことがない。その例はないのよ。ということを考えるならば、後世に評価を待つということは、極めてあやしいといわなければならない。

山崎　先生のおっしゃるとおり、文学全集も文芸評論も、日本の特徴は、右へならえ式ですね。だから、川端康成先生は小説の神様だと、ある一人の人がいえば、みんな右へならえですよね。小林秀雄先生は文学の神様だといったら、右へならえ。どうしてこう異論のない国なんでしょうね。

小説の創り方

山崎　私ね、先生に小説の創り方を伺いたいわけですよ。例えば『空の城』のようなね。私もたまたま『不毛地帯』で商社を舞台にした小説を書きましたからね。商社の取材は大変です、アメーバ状のようなところですからね。こっちを摑んだら、こっちから足が出る。本当に商社の正体なんてわかりませんですよ。ですから『空の城』をお書きになった時は、食いつくようにして読んだわけです。あれだけの取材は大変だったと思うんです。

松本　『空の城』の場合は、モデルはご承知のように、安宅さんだよね。それから一人は、安宅産業でアメリカ現地法人の社長だった高木という人。もう一人は国際間の希代な詐欺師、シャヒーン。この三つがあれば、小説はもう出来たようなもんだ。だから人間が三人いれば小説が出来るといったのはサマセット・モームだったかバルザックだったかちょっと忘れたけれども、そういうことは、性格がそれぞれ違い、考え方が違うものが三人集まれば、小説的な出発はもう結構というのか、プロットは出来たようなもんだよ。あとは技術の問題。わからないのは、外国為替の仕組みなんだ。これを調べるのに苦労したけれども、一つだけわかったことがある。それは何かというと、積荷証券。今船を出しましたと。そうするとそれに対する証券が、相手の会社に行くわけですよ。そして、陸上げする前に、すでにそれが有価証券的な働きをするわけだ。手形みたいに割引き出来る。これとアドヴァンス（前金）とが巧妙にセットされて、詐欺を働く余地があった。

現地に行く前に、商社の人にいろいろ聞いた。そうしたら、そこが一つの穴ということがわかった。それで、今だからいうけれども、三菱の海外担当役員に会って、こうじゃないですかと聞いたんだ。そうしたら、そのとおりだ、よくわかりましたねと。わかったといったってカンでわかったんだから、私は技術的なことは知らない。だから技術的なことをどうか教えて下さいといった。そのせいで近所の三菱銀行支店と取引きをせざるを得なくなったんだけれども(笑)。とにかく、そんなふうにして教えてもらった。そうでなきゃ、わからない。われわれ素人には、あの複雑怪奇な仕組みは。安宅産業ではニューファンドランドの石油会社が州のものだと信じていた。すでにシャヒーンのものになっていることに気がつかない。だから貸し倒れをしても、州が弁償してくれる、あるいはカナダ政府が弁償してくれると思い込んでいた。ところが、そういうことはニューファンドランドに行けばすぐわかることなんだ、州が譲渡したことがね。安宅産業の人は、それを行って調査していない。だまされたあとはわかって行ったけれども、その前の確認に行っていない。

山崎　そういう取材は、記者に任されるのですか。それとも必ず自分で、ぴんからきりまで。

松本　自分でやらにゃいかんです、それは。

山崎　『二つの祖国』の場合は、日本が経済大国になるにつれ、心の問題、自分の祖国を愛するという、ごく自然な気持すら失いつつあるのをみて、個人にとって祖国とは何か、というテーマを描いてみたいというのが発端なんです。といって、日本人を主人公にして正面きって書くと、どうもありきたりで、ドラマティックでない。そこで父なる国日本と、母なる国アメリカとの、二つの祖国の間《はざま》にたつ日系二世を主人公にして、戦時中の日系人強制収容所、兄弟相撃つフィリピン戦場、広島の原爆、東京裁判というテーマを一つに包含して、祖国とは何かという問いかけをしたんです。第一次取材は関係文献を読み、次に全体像を把握するための第二次取材として、三百人近い一世と二世の方に体験談を聞き、そこで小説のストーリーと、主人公の設定に充分時間をかけ、それがきまると、いよいよストーリーと主人公の人生に必要な部分に焦点をしぼって取材を重ねる。その上、執筆中にも書き進んで来たところで解らなくなるとアメリカへ行く——。結局、スタート前二年と、連載中の三年間も、取材の蟻《あり》地獄でした。

それで、『空の城』の取材をなさるのに、アメリカにいらしてどれくらいかかりましたか。

松本　私は、そこまで調べたら、後は舞台を実際に見にいけばいいだけだ。

山崎　私『空の城』のなかで、ものすごく印象に残っていて、参ったと思ったのは、あのニューヨークの一膳めし屋のところです。自分が『不毛地帯』を書いているから、商社を素材にしたものは、そうびっくりしゃっくりしないけれども、あの一膳めし屋のとこだけは仰天し、参った、と思ったの。ある企業の方が、自分たちはニューヨークに十年いたけれども、あの一膳めし屋のことは知らなかったと。

松本　あれはね、ニューヨークのビジネス街ですよ。日本の一等商社がみんなビルの三階か四階を通して買っているビジネス街です。その大きなビルの横の地下に、ああいうような一膳めし屋がある。そしてその角に、アル中になった人が、よれっと倒れているわけだ。繁栄のすぐ陰に、そういうものがある。それを見てこれはいけると思った。そして、その一膳めし屋でめしを食べたわけだ。

山崎　私もニューヨークに何度となく行っていて、あの一膳めし屋のことを知らなかった。あそこだけがギラーッと光って、本当にシャヒーンという人間が、もうそこで書けているんですよ。本当に、繁栄の谷間のなかに、あそこだけスポーンと落ちている、あの一膳めし屋でね、あの小説のなかのすべてが、あそこに凝結されているみたいな気がしたんですよ。だから、さすが松本清張だな、松本清張って憎らしい奴だなと思った（笑）。

松本　私を、それじゃさっきの編集者と同じに「にっくき」と思ったんだね。この辺で終りにしよう（笑）。

どこに一番苦労するか

山崎　いや、まだもう少し聞かせて下さい。小説を書く時に、一番苦労なさるのはどこですか。

松本　それは、どこでといったって、どの作品を書いても各部分で苦労していますよ。

山崎　テーマそのものの発想には、あんまり苦労はなさいませんか。

松本　テーマは誰でも苦労しますよ。テーマを得ることにはみんな苦労するけれども、私が苦労と考えているのは、そのテーマを得たあと、そしてプロットにそれを構成したあとなんだ。

山崎　私は、その苦労は同じですけれども、それよりも、その前のテーマの発想にものすごく苦しむんです。

松本　それは誰でも同じじゃないですか。それは、あに山崎豊子一人のみならんやですよ。そういっちゃ悪いけれども、私はあなたよりもいくらか人生経験が長いから、今のところテーマはいくらでもあるの。書ききれんぐらいにある。

山崎 私、調べてきましたら、先生は、文壇にお出になってから二十五年で五百篇書いていらっしゃるんですわ。私も文壇へ出てから二十五年。私はたった二十一篇しか書いていない。

松本 長編だからじゃないかな。

山崎 もうね、空を仰ぎましたよ。今度お目にかかるについて。

松本 量多いがゆえに尊からずで、質の問題だよ。ただ、私は余命いくばくもないから。山崎さんのように春秋に富んでいれば、ゆっくりゆっくり書いていいわけだ。私は、書きたいことはまだいっぱいあるわけだ。だから残された時間と書きたいものとの競争で、自然と量が増える。

山崎 溢れるごとくテーマを持っている人の前で恥ずかしいですがね、私は『二つの祖国』のテーマを考えるのに二年かかりました。私、テーマを生む時が一番苦しいです。テーマが決まったら、苦しいなら苦しいなりで、何を書くかということがわかりますからね。だからテーマを生むときは、座布団をお腹にあてて座敷を転げ回り、まるで陣痛の苦しみみたいですね。

松本 それが本当なの。テーマというのは、そんなに手軽にまんじゅうつくるようにつくれるものじゃないんで、それは山崎さんの苦しみが本当だと思う。

山崎 算数みたいな言い方で不届きですがね、テーマで五十点だと思います。テーマで五十点取らなくちゃいけないと。それであと、先生がおっしゃるようにプロットをつくったり、主人公をつくったり。それから私、題名に苦労するんです。

松本　題名が出来れば、小説の大半は出来たと思っていいの。さらにいえばね、題名と書き出しと、終りの一行が頭に浮かんだら、これは全部完成したということだ。

山崎　以前、石川達三先生と対談した時に、いいことをおっしゃって下さったんです。山崎さん、あなた、わりかた題名をうまくつけるね、テーマの最後まで俯瞰《ふかん》出来ている場合、いい題名がつけられるんだといわれて、はっとしました。自分は無意識につけていましたけれども、そういわれてから、テーマをしっかり俯瞰することに心を傾けて『不毛地帯』を始める時『白い大地』という題を出したんですが、スタートの日が迫ってきても、どうしても落着かないんです。それで連載開始の日を遅らせてもらって、ハバロフスクからイルクーツク、それからモスクワと、シベリアを一人で横断してみて『不毛地帯』という題を――シベリアは本当に不毛の地ですよ――つけたんです。そうしたら、二年も三年も続く小説に、あの毛虫みたいな「不毛」という字は、本当に荒涼として寒々しい題だというんですよ、編集部が。『白い大地』のほうがいいというんですよ。『白い巨塔』で当ったあとだからでしょう。私、怒ったんですよね。ハバロフスクからモスクワまで行ってね、これ一字何十万円の題名ですと。金額にこだわるわけじゃないですけどね。やっぱり私は、テーマと題名を生むことにものすごく苦しみます。

松本　それは、そのとおりね。次から次へ発想が浮かぶというのは、あまりに手軽過ぎるかもしれない。しかし、私の残された余命、これを考えるとね、書こうと思っているテーマを、元気な間に書きたいと思うんだ。さっきの石川達三さんね、あの人ほど、構成がしっかりしている人は、文壇広しといえども他にいないね。あの人は、きちんとしまいまで出来てるんだよ。何枚になるよといったら、そのとおりになるそうだ。新聞小説でも、何回といったら、きちっと何回になる。そのとおり終るそうだ。われわれはそうはいかないんだ。相当なプロットを練って、取材し、それから人物の性格も設定して、そして書いているけれども、なにしろお先真っ暗なのよ。初めと終りはわかっている。終りの文章も浮かぶこともあります。しかし途中は空洞なのよ。それを、石川さんは、全部きちんと出来ている。本当の小説家は石川さんだと私は思うんです。

山崎　それは、松本清張先生と私と、意見ぴったりですね。石川先生を私はものすごく尊敬してます。今のお話を聞いてね、先と後ろとがわかって真ん中は空洞でお書きになるというのは、これはまた違った才能ですよ。私はだめ。私は、一応年表をつくって、ずっと見通しをつくらないと出来ませんね。

松本　私はね、石川さんの構成の秘密を聞こうと思って、石川さんに教えを乞うつもりで、石川さんの弟子にして下さいといったんだが、向うは本気にしないわね。じゃ、そのかわり、月に、あるいは何カ月に一回、会いましょうと。そして、そこでいろいろ話をしようということになったわけ。ところが、名前はいわないけれども、ある作家がそのなかに入ってきたんだ。

この人も有名な構成力の、まあ石川さんの半分ぐらいはあるわけだ。で、二人から聞けば、一プラス〇・五だから（笑）いいと思ったら、これがいかんのだよ。雑談ばかりになっちゃう、第三者が入ると。

山崎　まあ！　石川先生のところに通おうと思ったのは私だけかと思ったら、その先の人がいらしたんだわ。先生は今、自分は余命いくばくもないから書き急ぐとおっしゃったけど、私は、悪いですけど、石川先生と松本先生に追いつき追い越すつもりですからね。目標はそこにありますよ。

（「小説新潮」一九八四年三月）

松本清張（まつもと　せいちょう）

一九〇九年生まれ。作家。

福岡県小倉市出身。小倉の高等小学校卒業後、給仕、石版画工などの仕事の後、朝日新聞西部本社広告部に意匠係として勤務。

一九五〇年、処女作『西郷札』が「週刊朝日」の「百万人の小説」に入選し、一九五三年に『或る「小倉日記」伝』で第二十八回芥川賞を受賞。一九五六年退社、以後作家活動に専念。一九五八年の推理小説『点と線』は「社会派推理小説」とよばれベストセラーになり、「清張ブーム」が起こる。その他、古代史や昭和史発掘などノンフィクションにも目を向けるなど、幅広い作家活動をおこなった。主著としては、『砂の器』『ゼロの焦点』など。

一九九二年死去。一九九八年に、北九州市立松本清張記念館が開館。

第二章　「大阪」に住んで「大阪」を書く

大阪に生きる　鼎談

岡部伊都子（随筆家）
水野多津子（「あまカラ」編集長）×山崎豊子

船場の女学校

——大阪ブームをおこした三人の方から、大阪の特徴ある生活を語って下さい。まず、小さい時のことから。

水野　山崎さん、岡部さんは、お二人とも同じ女学校出身なんです。

——そうですか。

山崎　私たちは相愛女学校（昭和十六年卒）なんですが、その学校は船場のどまん中にありました。私は府立をすべって、その私立学校へ行ったんですが、なかには非常によくできる方でも、初めから相愛へいらっしゃる方も多かったんです。昔は「電車通学させるとむしがつく」と言いましてね。歩いて十分の学校へ行ったわけです。

船場は大阪の大商人の街ですからみな女中さんやぼんさんのお伴で学校へ行きました。私らのころは、もう女中さんのお伴は大分少なくなっておりましたけれども。入学した時、副校長先生が「お小遣は持たない方がいい、お伴の方がついてるから、お小遣は持たない方がいい」とおっしゃったので、その通りにしました。たとえば途中で何か欲しいと思ったら、ツケで買えるんです。みんな同じ船場の商店街ですからね。はじめてお小遣を持ったのは京都女子大へ行ってからです。それでまあいい気になってパッパッ使っていたんです。ある日、母が小遣帳を見せろと言ったんです。その頃京都—大阪間の学生の通学定期は半年四円五十銭でして、その時私は小遣を五円もらってたんです。それで小遣帳を見せましたら、母がある一点を示して、これは一体どうしたことかと言われました。それは、今まで持ったことのない財布というものに異常に惹かれ、京都の四条河原町で支那刺繍をしたきれいな財布を三円で求めたんです。それから今度はお友達のお誕生祝いに京人形を二円五十銭で買ってあげたんです。そのことを母は「自分の身は節約《しまつ》しても、人さまにはできるだけのお付合いをするもんだ。小遣帳というものは後で見て恥かしくない使い方をするためのものだ」とこう言われたんですね。そういうふうに小遣帳一つにしても何か一つのしきたりというんですか、大阪的主張があるわけなんですね。

水野　その気持わかるワね。

山崎　自分のものを買うときには心斎橋を二往復しまして、同じものでも一番安いものを買うんです。ところが人様に差上げるものはできるだけ張って差上げる。そういうふうな、自分の身をつめても人様のお付合いはきれいにせいということなんですが、大阪の船場の商家には小さいことにも一つのしきたりがあったんです。それで大阪の土根性とか土性骨というもんができてきたんですね。

――「暖簾《のれん》」の発生ですね。

岡部　私はお花がとても好きなの。それで相愛への行き帰りに、電車通りのかどっこに、すばらしい花屋さんが目についたんですよ。とにかく冬に真白いバラがあるしね、薄い卵色をした大きなカーネーションがあったりして、欲しくてしようがないのね。その時分一本五十銭位だったでしょうか。月二円ぐらいのお小遣だったとき、私がお友達の病気見舞にそれまで貯めたお金を出して、五円分その花を贈ったんですよ。さあそうしたら母が怒りましてね。つまりあんたの身分に過ぎたことや、というんです。「あんたはこの金を自分で働いて、どないもようしてへんのやで。ぎょうさん人を使うてその人らが一生懸命働いてくれたおかげで無事に学校へもやってもらえてる身分やのに、そういう自分の身に合わないことをするという気持は、やっぱし、いかん」。めったに怒らない母でしたが。

山崎　幾ら使ってもいい代り、恥かしくない使い方をするようにということね。

――商人の奥様は内助の功が大切ですね。

山崎　その点よく誤解されがちですが、大阪の御寮人《ごりょうん》さんというのは御主人の蔭の人ではないんです。丁度、江戸城大奥のように主婦権というものをちゃんと持っているんです。ですから内と外と分れておりまして、店のことは一言も口出しできない。その代り店の中の仕切から一歩中へ入れば奥さんの、ちゃんとした主婦権で、家計簿をにぎり、店の者のお仕着せ、おふとん、一切を管理しています。ですから主婦自身が働いて、そして実力を持っている。共稼ぎというものは大阪ではもう何百年も前からやっていることなんです。表の間ではあれですけれど、一歩奥へ入ると権力を持っているのに、非常に封建的で蔭の人のように見られてるのは、おかしいです。

水野　戦災で今はもう船場も滅びましたね。

山崎　今はね、私らの町内でも、たった三軒しか、帰ってきてはらしませんからね。

水野　住宅難と土一升金一升の土地ですから、店だけこっちにあって、住居が郊外になったことも船場の崩壊の原因だと思います。

自分も楽しみ、人も楽しませ

――大阪ブームのおこりはなんでしょう。

山崎　それは、けっして船場とかそういうものから始まったものでなくね、結局それはラジオなんですよ。ラジオとスクリーンから大阪弁が流れた。特に蝶々・雄二さん。初め『アチャコ青春手帖』のときは奥羽地方ではNHKのアンケートで、大阪弁はほとんどわからないという状態だったんです。ところが、只今の『お父さんはお人好し』になってからは「分る」になってるんです。それほどＮＨＫの大阪ものの番組によって、大阪弁がばらまかれ、その大阪弁に興味を持つ、言葉に興味を持ったら次は内容、内容からすぐ土地そのものというように……。

水野　ジャーナリストはブームをつくるのがおすきですから……。

山崎　『夫婦善哉』の〝頼りにしてまっせ〟頃は軽いブームだったのが、だんだん発展してね。

――　大阪は自分も楽しみ、人を楽しませますね。

岡部　楽しまな、しょうがない。

山崎　大阪人は徳川時代からいろいろ武家政治に圧制されたでしょう。その生活の抑圧が、何かものやわらかで、ふっと抜けるような楽しみを生んだ、だから漫才にしても、笑わしてスーッと抜けていくペーソスがあるでしょう。森繁さんのペーソスはもう実に大阪の庶民のペーソスだと思うんです。大阪商人の言葉に「何かありますか」というたら、「ありま」。「あります」か「せん」か分らへん、ずるいと言われるんですが、そうでなくやっぱり圧制されていたから、ふうっと語尾を消すようにしていかなければならなかったのだと思います。

――　関西料理もブームですね。

水野　大阪の食べ物で特徴があるといったら、昆布だしがある位なもんです。

岡部　薄口のお醤油。

水野　それに、まあたまり醤油ね、たまりと薄口、濃口を使う。しかしそれはなぜ使い分けられるかというと、ねっとりとした昆布だしというものがあったからできたんです。薄口醤油は昆布だしがなかったら使えたもんやおまへんねん。

岡部　材料もええしね。

水野　それは瀬戸内海に面したとこなら、どこも、うまいんですけど。昆布は大したもんだ。東京が海苔をあれだけ発達さして、自分の嗜好にのせているように、大阪の昆布。上方の人間の伝統ですね。うちのお袋さんなども昆布をチューインガムみたいにしゃぶったりして、郷愁を感じていますが、同時に昆布に対して、非常に敏感なもんですよ。

――昆布を食べていると、体質も違ってくるでしょう。

水野　髪の毛が黒うなるしね（笑）。

山崎　昆布に関連しますが、北海道でできたものが、どうして大阪で発展したかというのは、やっぱり大阪商人の才覚ですね。大体商人は、できたもんを売るんですけど、大阪商人は加工販売するということ。資本主義の目こぼし、それに目をつけたところが、やはり大阪の老舗の才覚だと思うんです。

どうして書くようになったか

――皆さんのブームに乗ったきっかけについて。

岡部　私がどうして書き出したかといわれると困るんで、小さいときから、ものを書くことが好きで。とにかく外へ遊びにいけなかったんですね、健康でなかったから、ほかの楽しみいうもんがなかったわけでしょう。学校も休みがちだったし、できることは本を読むことと書くことしかなかったんです。それで感じたことがあれば書くし、自分一人世間から放っとかされたようなひがみもあるしね。その時分は思春期でもあり、わびしさなんかを書き付け、父や母に話しても分らないことを、とにかく自分で自分にいいきかせていたの。

水野　それでは書く愉しみから始まったんですね。

岡部　そうですね。だからあくまで発表ということは、あまり思わずに、書き出したのは、自分に対して書き出したわけです。

水野　作家の生活は厳しいものよ。それに耐えて、しかも人間として楽しみを見出してゆけるでしょうか。

岡部　さあ、とにかく自分で自分にいい聞かせるようなことを書いているあいだは、いわゆる書く罪とか罰とかは、あんまり感じなかったの。そこから思いもかけなく、世間に出てしまってね。それも何か世間に出て、パーッとなりたいという欲望でなく、出たことはほんとに有難いの。けれど自分では、そういうことが自分の仕合せだと思ってなかったわけね。で、できれば人さんに迷惑をかけないで、ひっそりと自分で自分の生活を支えて生きていけたらいいなと思ったわけでしてね。ところが自分の生活を支えるための生活手段として私は、ほかに何にも能がないんです。幸いにして、そういうお仕事に恵まれて、そして放送などをやり始めて……。

水野　今は非常な生甲斐を感じていらっしゃいますか。

岡部　恐ろしさを感じてます。このごろね、人を意識して書かなければならなくなってきたわけです。

水野　そのためにも、もっと書くことね。

岡部　商品というたらおかしい言い方やけど、もちろんそれを買ってもらうから私の生活が成立っているんだけど、そういうことで大変心の上で抵抗ばかり感じる。

水野　悩みはどんなときでもあります。

岡部　書く相手のある場合ね、対象を自由に書くというときに大変疲れるんです。私がそういう気持でなく書いても、いろいろな見方をされるし、そのたんびに私はもういやになるというよりも哀しくなるんです。

山崎　私は小説を書くときに、非常に本質的な発想じゃないですけどね、ともかく新聞社というわりに民主的な雰囲気のあるところでも東京へ行くと、大阪の田舎記者、というとい過ぎですが、何か非常に東京では軽く見られる場合があるんです。そういうこととか、大阪商人の方をすぐ上方贅六といわれる、それが不本意だったんです。私は大阪商人の非常に着実な勤倹、努力という、まとも過ぎることに生涯を賭けてる生き方を立派だと思ったんですよ。それで『暖簾』を書いたんです。あの本の「あとがき」にも書きましたように、東京に二、三日いると息苦しくなるんです。それは東京がきらいということではなくて、それほど大阪が私に身近かだということなんですね。ですから、ものを書こうとするときに、私に密着した大阪がでるし、また大阪は私にとって卵の殻みたいなもんですから、その卵の殻を破らなければ人間としての誕生もできないし、ものを書く立場としても誕生できないと思うんです。それで大阪商人をテーマにしたものを書いたわけなんです。

水野　レジスタンスなのね。

山崎　それは結果としてはレジスタンスしたことになるんでしょうが、あくまで結果だわ。

岡部　これからもやっぱり大阪商人をお書きになるの？

山崎　戦後は社会も読者も随分変っていますね。毎日満員電車にゆられて激しい職場の労働に耐えて、そこから出てきたものでなくては、読者にじかに訴える力がないんじゃないでしょうか。だからどうしても働いている男の集団とか、そういう形になってくる。大阪商人を書いてやろうと思って大阪商人を書くんじゃなくて、結局自分のものを書く知性から自然そういうものが出てくるんじゃないでしょうか。

大阪の味とは？

――岡部さんの書かれた『おむすびの味』という題名はどういうわけがあるのですか。

岡部　つまりあのなかに「おむすびの味」という一編があるわけです。それは太宰治の小説の中で「おむすびはなんでおいしいのか知っていますか」いうてお母さんが娘さんにいうわけですね。「おむすびは人間の掌でむすぶから、それでおむすびというのはおいしいのよ」というわけです。私はそれが非常に好きだったの。

水野　愛情ね。

岡部　おむすびなんてものは、ほんとに生活のなかのもんでしょう。そういうふうなところへ、精神的なものが結び付く、それが人の心を打つと思うんですよ。物質は物質だけであるんじゃ、そう感動しないんで、そこに心がこもってはじめて人を打つと思うんです。そういう意味で私は大好きだったもんで、あれを使ったわけです。

――商家では実際はおむすびは食べないでしょう。

岡部　毎日の御飯はおむすびなんかにはしませんが、私のとこでは、九月一日の大震災記念日には必ず梅干とおむすびとで全部しましたね。

――大阪の味というと私はかやく飯をおもうんですが。

水野　そうよく食べますね。

山崎　あれは昔は残りもんを活かす場合に……。

――あれも、さきほどの大阪商人の加工好きからですかね。私はよく大劇裏の「だるま屋」に行きますが、一家中揃って食べに来たり、共稼ぎの御夫婦も多いようですが。

山崎　大阪は共稼ぎは少ないんです。一般的な理屈から考えると、大阪は実質的なところだから共稼ぎが多かるべきはずなんですが、女性の立場でいいますとね、例えばお国元からお母さんが来はったら休む。御主人のお母さんが来はっても休む。それから病気のときは自分の病気のときも御主人の病気のときも休まなくちゃならないというように、どうしても、女の方が多く休まなくちゃなりません。そんなとき東京だったら、なんといっても共稼ぎの人数が多いから集団的に会社に対して自分の立場を防衛できますが、大阪じゃどうしても防ぎきれなくて結局結婚して一年かそこらで消えていくことになる。東京からくらべたら数字の上でも、ずっと少ないです。

水野　さっきのかやく飯のことね、吉田健一先生が某誌で「食べ歩き」をやってますが、あれの第一回が北海道、第二回目が大阪で、このとき、水野さん一つ大阪の食べ物全部案内してくれ、とたのまれて、私が案内したんです。そのなかに「だるま屋」も入っていました。吉田先生は大酒飲みで、その時くどくどとおっしゃるのに、何と大阪とは、すばらしいとこや、こんなすばらしいとこは日本国中にないだろう。朝たまたま霧が降りてたんですね。ロンドンだというんですよ、彼がね（笑）。空気が違う、東京と違う。都会でありながら実に静かで……。

　とにかく絶讃ですね。食うものはうまい、酒はうまい、何というとこや、ちゅうんですね。それは褒めて褒めて褒め抜いて帰られました。それで、雑誌にその通り発表されたので、私は大阪の人間ですから、いい気持ちになっていたんです。そうしたらまた、先生から手紙がきたんです。広島へ行ったら、また実に広島というところは、何たるええとこや……。

岡部　ええでしょう。

水野　酒もええし、女は美人やし、何たるええとこやろう、という手紙がきたんです。それからまた長崎へ行ったら、また、そない言うてきた。結論は「僕は分りました。珍らしいものはみんなええということなんだ」（笑）。だからそういう意味で、まあ東京と大阪は共通点は多いが、少し特殊なものがある、それだけです。

仕事はやめないでしょう

――岡部さんは男性の研究をなさっているそうではないですか。

岡部　ちょっとも。こういう文章を書くお仕事をさせていただいて、変った方にお目にかかれることは自分の力だけでは、だめですものね。そうしたら、すぐ男性研究家だとかね、妙な頭を付けてもらって、びっくりしているんです。でもね、男の方って、お目にかかればかかるほど、さっき東京も大阪も一緒だとおっしゃったように、男も女も同じ人間だな、みんな淋しいしね。ほんとにちょっとしたことに喜ぶしね。みんな変らない仲間だな、という気持が強くなるんですよ。

――皆さんは、これからも大阪でお仕事を続けられるのですか。

山崎　ええ、そのつもりです。大阪は一歩一歩着実に歩んで、ものを築いていくには便利なところです。水野さんも言われたように、食べ物でも相通ずるところで、お大根一本でも関西のお大根は、やわらかくて味がいいというのは、土壌がいいわけでしょう。お魚にしても人間にしても、わりに大阪というとこは育っていくのに便利なところではないでしょうかね。私は東京へ行って真っ黒な土の色を見ると、とても落付いておられないんです。人間は大地の上に立っているもんですから、土の色が一番だいじね。

岡部　私は特にどこそこでなければいけないとは思わないで暮していようと思いますわ。いま住んでるとこもええし、旅行してみると美しいとこは日本には多いから、許されるなら少しずついいとこばかりで、楽しんで暮せたらと思いますけどね。

水野　私は、東京が非常に好きなんです。ところが、生まれたときから大阪ですし、大体じゃまくさがりやからね。変るのがじゃまくさいさかいに、やっぱりここに……。

――やっぱり大阪の男性と恋愛する？

山崎　もちろん。

水野　どういうタイプ？

山崎　ど根性があるやつ。ど根性というのを具体的に言えば、逆境に立ったとき卑屈にならないで、そのときこそ自分自身を十分に発揮するようなやつ。

岡部　私はね、大阪といっても、ほかの地方からきていらっしゃる方もたくさんあるしね。とにかくやっぱし人間的に自分も共鳴できる人、同じような人生観を持ち、同じような思想を持っているんで、どんなことでも一緒に喜んだり悲しんだり、怒ったりできる、そういう人だったらいいと思いますね。

水野　恋愛というものは、してみな分らんと思うんですよ。今のとこはしてないんですが。フランスの人だって日本のどこの人だっていいんです。タイプかて一般論としては美しい方がいいし、ど根性のある方がいいけど、男の人であれば恋愛した相手しだい……。

――　相手に引張られる型ね。

水野　私、引張られるの大好き。

――　そうすると仕事もやめられる？

水野　その時の調子ですね。

山崎　私はね、仕事が非常に好きだとか、仕事を伸ばすためというんじゃなくて、家事が全然できないんです。この間も週刊誌で「得意なお料理は」といわれた答えに「御飯もろくに炊けませんから御勘弁下さい」と逃げましたが、結婚した場合に、仕事をやめると格好がつかない。家の掃除一つできない。縫いものもできない。何かこうズボンと家の中に立っているだけで格好がつかないから、まあ仕事はやめないでしょう。

水野　いま私は、そんなことより世の中のことも仕事のことも意にかなわないことが多くてね、その不平の方が大きいんですよ。

岡部　ほんとにそうね。

水野　それで、やけ酒を飲んでるんですよ。

（「婦人画報」一九五七年九月）

岡部伊都子（おかべ　いつこ）
一九二三年生まれ。随筆家。
大阪市出身。相愛高等女学校を病気中退。
ラジオ番組用の随筆を本にした『おむすびの味』（一九五六年）でデビュー。美術、歴史、環境問題など幅広いジャンルで活躍。主著として、岩波書店『岡部伊都子集』（全五巻）や藤原書店『岡部伊都子作品選・美と巡礼』（全五巻）がある。二〇〇八年死去。

水野多津子（みずの　たつこ）
元「あまカラ」誌編集長。
広島県出身。「あまカラ」誌は、一九五一年創刊。大阪を中心にした「たべもの・のみものの楽しい雑誌」がコンセプトで、宣伝記事は書かないという方針だった。戦後のグルメ雑誌の先駆的存在で、その編集長を長く務めた。晩年は羽曳野市で過し、死去。

大阪の青春、大阪の魅力

今東光（作家）×山崎豊子

大阪のおもしろさ

今　山崎さんがいま執筆中の『花のれん』、これまた非常に評判が高いけれども、あのテーマは何ですか。

山崎　大阪のおなごを書きたいの。大阪は女といわずに〝おなご〟というところに、なにかねばり強い、牛車を引っぱって行くような……。

今　あれは何かモデルはあるの？

山崎　それらしい人はいるんですけれど、その方は船場の生れではないんです。やっぱし船場の生れにしないことには——。背景だけは実際に調べて、そこに一人の船場の女をおいたんです。大阪の女の商人を書きたかった。どうも『暖簾』で色気が描けないと言われましたんで、ちょっとそれも入れたんです。

今　いままで大阪を書いたのはね、大阪人でない人が書いている、大阪人以外の人が書いたやつのほうが、いい作品になっている、失礼だけれども。水上瀧太郎さんの『大阪の宿』あれは傑作でもあると同時に、やっぱりね、大阪を書いたものとしては代表的なものでしょう。織田作之助の『夫婦善哉』なんかが映画になって、はじめて大阪のおもしろさが知られた。しかし『大阪の宿』と比べたら、ウェイトがちがう。

山崎　でも、すぐれた作家が大勢でてますよ、大阪人の――。

今　武田麟太郎、井上友一郎、藤沢桓夫《たけお》、それから長沖一《まこと》もそうだし、たくさんいるけど、僕は宇野（浩二）さんでも言いたいのは、大阪人だ、大阪人だというけど一体大阪に何年住んでたんです？　中学時代だろう。早稲田に入って、ずっと東京にいて……。川端康成だってそうだよ。大学に来たときは、すでに東京の文化の中に浸っているよ。おれは川端に言うんだよ、お前の大阪だって、おれにかなわない。大阪のこれはうまいとか、まずいとか、子供のときから食ったような面をしているけれども、嘘をつけって言うんだよ。中学生ぐらいの体験でな、大阪の料理も、家もあったもんじゃない。そんなのが大阪人だからといったって、大阪知りゃしませんよ。おれはね、はなはだ失礼だけれども、若い時からみんな知っているんだから、そうは言わせませんよ。

山崎　だから私、こうして今先生に大阪引っかきまわされるのは、無念でたまりませんわ

（笑）。

今　おれは大阪人だよ（笑）。

山崎　純粋じゃないわ。関東じゃないの。荒エビスじゃないの（笑）。——でもやっぱり先生のお書きになるものには、大阪のど根性がありますね。

めし・おなご・ぜに

今　ところで、〝大阪的〟といえばこのぐらい食いものの好きなやつらはねえな。もう食うことにかけちゃ必死だね。

山崎　食うことに必死ということは、みんなよく働くということなんですね。働いて消耗するから、生活のエネルギーなんですね。だから千日前に遠慮なく〝めし〟という赤い大ちょうちんをぶらさげる。

今　平仮名でめしと二字、こんな厚かましい字でね。あんなに僕、気に入った看板はないと思うんだ。日本中歩いて、このごろはみんな簡易食堂とかいう、いやらしい名前をつけている。そんなところから言ったら、大阪くらいえらい土地はねえじゃないか。めしと言うたらウン、めしだなということで、何も修飾語をつけ加えない、……体裁もかまわん、なりふりかまわん……とはこのことですワ。

山崎　「めし」という言葉と、「おなご」という言葉、それから「ぜに」という言葉、大阪人の気風というものを表わした非常にいい言葉だと、先生おっしゃってましたね。

今　うん、ぜにといったら、ぜにで非常に徹底して、いいと思う。山崎さんの『暖簾』というものに代表された、いわゆる大阪ということは元来、士魂商才というんですね。士の魂をもった商人という意味で、普通のただぜにさえ儲けたらいいというような、そういうユダヤ的な意味じゃないんだ。それから、あんたの描いているというおなご――おなごという言葉は何ともいえんいい響きのある、ええ言葉ですな。僕は大好きだな。このくらい、いいものはないものナ、男にとって（笑）。そういうことがつまり大阪的なんじゃない？　東京のやつは笑うんだよ、大阪人は「今日は」って挨拶するかわりに「もうかりまっか」って言うってね。そんなこと絶対うそだよ。

山崎　あれは絶対いけませんね。「もうかりまっか」でなくて「どうや」「あきまへん」ですよ。「どうや」と言ったら受ける方が「あきまへん」で、それは上にぜにもうけなんて一言も断らんでもわかっているんです。そして、もうかっている時でも決していいと言わないで、死ぬまで「あきまへん」でがんばっているのが大阪人なんですよ。

今　いや、そう怒らんでもええよ。東京的に大阪を見ると、そういう感じだと言うんだよ。言いたけりゃ勝手に言わしとけばいい。なにも遠慮することはない。なぜなら商人がその儲けを追求し、ぜにを追求するのは当り前で、「今日は」とか「お寒うございます」とかいう挨拶こそ、いらざるお世辞だと思うんだ。それよりも「もうかりまっか」というほうが、端的でいいと思う。

昼と夜、表と奥

今　あんた、この頃ちょくちょく東京へ行くけど、どうや東京の男、気に入ったのとちがうか(笑)。

山崎　私、東京きらいなんです、はっきり言うと。それは言葉の関係なんですね。東京へ行ったらね、せっかく翌日の飛行機の切符をとってますとおっしゃって下すっても、その日に仕事が終ったら、すぐ汽車にとび乗って帰って来ます。それでもう吹田過ぎて、大阪の灯が見えたらね、何回往復しても涙が出んの、ポロッと。それで東京に来ると、この毛穴がきゅうとしまってね、こうチカチカとなってしまって呼吸困難を起すの、皮膚呼吸が。で、仕事がすんだらいつでも帰ってきます。東京は大きらい(笑)。

今　これは驚いたね。東京ノイローゼだね。だけど、女の人ってそういうところがあるんだよ。東京の女はね、箱根越えたがらない。妙なもんですよ。

山崎　東京は、ハッタリと売名の街みたいな気がするんですよ。

今　そんなことないよ。喧嘩の町だよ、あれは。喧嘩しに行くとこだよ、君。

山崎　私、お昼、東京の街を歩いて感じることは、非常に服装が派手だということ。大阪はお昼ね、心斎橋、あの辺の盛り場を歩いても、みな服装がじみですね。それで同じ日に夜歩くと派手なんです。商家のだんな衆でも、お昼はジャンパーとか労働着で歩いていく。そして夜になるとスパッと着かえて遊びに行きますね。なんか大阪は服装でも夜と昼とのけじめがつくんです。それが銀座とか有楽町を歩くと、昼からなんだか遊び着みたいなふうをして、ぶらぶら歩いている男と女が目につくんです。やっぱり大阪のほうが働く街だ、生産の街だなという感じがします。

今　服装に夜と昼とのけじめがあるように、大阪の古い商家では、表と奥とがピシャッと分れているんじゃないの？

山崎　そうなんです。奥といえば、それこそ先生、江戸城の大奥みたいなもんですわ。布団から、店の者のお仕着せから、食べ物から、奥内のことには旦那はいっさい口出さん。御寮人《ごりょうん》さんの指図でぜんぶ動いていく。うちの兄も、奥内の会計は、なんぼ言われても文句いわんと出します。そのかわり、「女は表のことに――商いのことに口出すな」パシャッです。奥さんがどんなに賢夫人でも、表のことに口を出したらいけません。「あの陳列、こっちへやりはったら恰好ええのに」なんて言うたら、今でもどえらいことですわ。だから完全な二権分立ですわね。このごろ共稼ぎとやかましゅう言いますけど、そういう意味で、大阪の船場は、とっくの昔から共稼ぎしていたということですわね。

今　おもしろいな。あんたなんかでも絶対口出さない？

山崎　この間ちょっとしたこと兄に言うたら、「お前は外へ出たら一人前かしらんが、ここの敷居またいだら最後、お前は女じゃ、黙れ」。義姉さんと同じ立場にいるんですわ、私がね。

ピンチになるほど力が出る

今　あんたと兄嫁さんは幾つちがいや？

山崎　私とたった一つちがいですよ。それでいて、昔のしつけで、女学校を卒業したら、すぐお嫁に来るしかけになっておったわけです。家族制度がいまだに崩壊していないからですね。

今　条件結婚だね、家と家との……。こりゃ見合結婚の、も一つ前の結婚形式だネ。

山崎　もっとそれのすごいのは、暖簾結婚ですよ。暖簾の中の一族でみんな結婚さす。

今　あんたのとこなんか、そうだろう。あんたはどないするねん？

山崎　私は兄と弟がいますから、どっちでもよろしいけれども、義姉は戎橋の「小倉屋」あるでしょう。あそこからうちの「小倉屋山本」へ来ているんです。みんな小倉昆布の一族結婚なんです。ところが戦争のおかげで、そういう風習はなくなりましたけれども、あんまりいけませんね。

今　あんたはやっぱり昆布屋へ嫁に行かんとならんの、結局は？

山崎　さあ、それはもう戦後ですがな。

今　どや、一つ恋愛をエンジョイしてみては？（笑）それはね、自由に恋愛するというのじゃなしに、大阪のおなごというのは、恋愛をたのしむ道を知っているという意味だよ。東京の女は、恋愛になったら計算しやがって、すぐ結婚に持って行きたいんだな。なにかズルいように思うんだ。ところが大阪は、恋愛なら恋愛でもいいじゃないの、というところあるんじゃないの？　これは長く続かないけれども、もうひどく楽しもう……。

山崎　何かおかしいのは、大阪の女の人は金銭に対してはちゃんと計算できるのに、精神的な問題になると計算できなくなりますね。これはどういうことでしょうね。

今　東京の女は、男を立て過ごすようなことを口で言うけれど、絶対そういうことはありませんよ。そりゃズルいんだから。大阪の女は計算してるようでいて、なにか溺れるのか、惚れるのか、女のほうが男をしょい込んで、苦労している女が多いんだね。

山崎　『夫婦善哉』のお蝶さんみたいな人が多いですね。近代的な教育をうけた人にも案外そういう人が多いですよ。

今　男から「頼んまっせ」といわれると、喜んで苦労してる。そういう女を甲斐性女《かいしょうおなご》というんだね。君なんかも、亭主もつならやさしい方がいいのだろう？

山崎　私はやっぱり、ど根性のある人が好きですね。

今　それだったら、東京の男だっていいじゃないの？

山崎　そりゃ、根性は大阪ですよ（笑）。先生の前ですけど、東京の人は調子のいいときはいいのですよ。ところが大阪の人というのは、調子の悪い時のほうがかえって力が出てくるんですわ。これがど根性ですよ。ほんとうに大阪の根性のある人なら、いつも八の力しかなくても、ピンチに立ったら十の力出しますよ。

今　それぞれ、そのど根性は、おなごが惚れたときに、一番よく発揮されて、恋愛を楽しむことになるのだな。

山崎　その惚れ方にも二通りあって、超ドライのほうは、結婚と恋愛をチャンと割切って、結婚は格式とか財力とか、条件の見合う相手と結婚するが、恋愛は恋愛として大いに楽しむ。必要とあらば自分からどしどし軍資金を提供してですよ。超ウエットになると、お蝶さんのように男にだまされても、だまされても、男につくして、たんのうして、近松の時代に通じるような恋をしている人がありますよ。そういう女性がたまたま東京から転勤してきた男性にぶつかると、大変。ほだされて、悲劇が起ったりするわけですね。

二つのおしゃれ

山崎　恋愛に二通りあるように、先生ね、大阪のおしゃれには、二つのおしゃれがありますね。庶民と、もう一つ高級な……。

今　つらの方かと思ったよ（笑）。着るものなら、たしかにそうだな。新しいものを着るおしゃれ、古いものを着るおしゃれ。

山崎　大阪の女性というものは、ファッション・ブックでは決して服を作りませんね。東京の方はスタイルやモードから入っていくし、大阪は材質から入っていくんと違いますか。着てみて、丈夫で、非常に感じがいいとか、洗濯がきくとか、そういう実用と機能の面から、まず考えますね。すぐには新しいモードに飛びつかないけれども、作ったら、わりに長く着てますよ。

今　大阪の女はほんとうのおしゃれを知っているから、流行というものに左右されないんだ、たえず移り変っていくような……。

山崎　知っているのと違って、パッと流行に飛びつかないで、立ち上りの遅い飛びつき方をします。いったん飛びついたら、ずっと愛用しますけれども。

今　結局、ファッション・ブックに飛びつかないで、三、四年着られる一つのモードを見つけ出すということが、おしゃれを本当に知ってることだよ。

山崎　お言葉、ありがとうございます（笑）。ま、それが一番庶民的なおしゃれで、大阪のほんとうのおしゃれの方は、たとえば結城の着物だって、藍大島だって、同じ生地の同じ柄の着物を二つ以上つくりますね。ある奥さんがいつも紺の結城を着ているんで、あの人、一枚しか持っていないのかしらんと思ったら、なんと三枚持っているんです。だから非常にいいものとか、好きなものと言うたら、はたがモードとかへちまだとかいって、目の色かえておっても、自分のものを崩さないんですね。それが東京人にはサッパリ通じない。私、終戦直後にイギリス生地のオーバーを買ったんです。それを着て東京へ行ったらお友達に「あんた、けちやな、それ十三年前からのオーバーやないか」と言われたんです。「いや、そやから自慢して着てるのに」という、それが分からないんですよ。

今　それでおもしろい話があるんだよ。僕がまだ東京にいるころで、ずい分前のことだが、ちょいちょい京都に来て、谷崎先生と同じ宿にとまる。ある夏、朝市で——京都の朝市、知ってる？　いろんな神社仏閣であったでしょう、靴片っ方なんか売っている乞食市だよ——東寺の朝市でふっと見たら、古びた薩摩の上布がぶら下ってる。それを十円で買ったんだよ。それをぐるぐる丸めて、先生の部屋に行ったら、「ああ、これはおくらじゃないか。ちょっと僕に着せてくれ」そうするともう共紐なんてないのよ、切れちゃって膝のところも色が変って、腰揚げもないんだ。短くなっちゃって、時代めいているんだよ。だけど先生は「これはいいな。僕にちょうどいいじゃないか、十円で買おう」ときた。「冗談じゃありません。十円で買いましたけど、僕の手に入ったら大へん値上りしちゃうんだから、それはだめですよ、お金じゃ売りません」

　そのとき先生ね、新しい最上等の上布着ているんだよ。「これと取りかえてくれ、帯もつけるよ」って。そのくらい、こっちの人は、どないもこないも古いもの好きで、先生までが関西に住んでおるうちに、大へん愛用するようになったんですね。

山崎　年季の入ったもの、歳月のいったもの……そういうものに大阪人は——ほんとうの大阪人は、ぞっこんいくんですね。

今　その証拠にはね、もし東京に文楽があったらね、おれはもうとっくの昔につぶれていると思う。文楽、ああいうものを育てて、脈々と今日までお客が行くというのは、大阪なればこそだ。やっぱり大阪というのは力のある、えらいところだと思って感心しているんですよ。

（「若い女性」一九五八年六月）

今東光（こん　とうこう）

一八九八年生まれ。天台宗僧侶、作家、元参議院議員。

横浜市出身。幼少年期は日本各地を転じ、十歳より神戸で育つ。関西の中学を中途退学後、父を頼って上京、川端康成らの知己を得、新感覚派文学運動に参加。後、僧侶となり、関西へ移り住む。一九五六年執筆活動を再開。『お吟さま』で第三十六回直木賞を受賞。その他、『闘鶏』『河内風土記』など「河内もの」を多く発表、舞台化、映画化も相次いだ。また、一九七一年には大僧正となる。一九七七年死去。

のれんの蔭のど根性

菊田一夫（劇作家）×山崎豊子

大阪ブーム？

山崎　わたしこのごろ大阪ブームやいうので、大阪ものを書け書け言われるのですよね。いったい大阪ブームというものがあるんですか。

菊田　ということよりも、あなた方大阪人が大阪ブームを作っているんじゃないの。

山崎　大阪の小説がつぎつぎ出たから大阪ブームいうので、その前から大阪ブームいうのはあったのでしょうか。

菊田　だいたい大阪のデパートもそうだし、それから料理屋さんも、いろいろな商社でも、ずいぶん大阪からこっちへ進出して来ているのがあるでしょう。結局、大阪の人が大阪ブームを作っているのじゃないかしら。

山崎　わたしは『暖簾』が出たときに、「大阪ブームになって得ですね」と言われたのがいちばん気分悪かったですよ。書いたからブームになったかもしれないと言いたいですよ。それまでは大阪、大阪言わなかったのですから。

菊田　あなたが『暖簾』を書いたころは、まだ大阪ブームというところまで行ってなかったものね。当時はデパートが出て来たり、いろいろの店なんかがこっちに出て来たりということで、進出しかかったころよ。偶然そこにあなたが出て来たんだから、それは僕が保証する。

山崎　わたしはもの書きだから自由にものを書きたいのに、大阪ブームのおかげで、大阪をテーマにしたもの、大阪の商人のど根性があるものを書いて下さいいう注文ばかりが多いので、それはわたしにとってほんとうに心外です。いろいろなレパートリーのものを書きたいですものね。

菊田　それはね、山崎さんは、大阪のもののほうがよく書けるんじゃない？　失礼みたいだけれども。

山崎　ところがわたしは若いうちにいろいろな冒険をしたいと思うのですよ。安全度のあるものを二回も三回もくり返すのいやですもの。

菊田　それはたとえば、大阪ものだといってどうして区別するのさ。東京ものを東京の人が東京にいて書くでしょう、東京の人しか書けないから書くでしょう。山崎さんは大阪に住んで大阪のものを書く、それでいいじゃないの。

山崎　それは、大阪のものは楽に書けますけれども、楽であることが恐い。やはり大阪ものを書くと、ちょっとまあ溺れてしまいますね、わたし。

菊田　たとえば東京の下町に生まれた人が、下町ものを書くと陶酔しますね。それと同じ気持が山崎さんにあるんじゃないかしら。東京に住んでいる人は東京のふつうの、丸の内の話を書いたり、銀座の話を書いたりするのに、陶酔する人はいないでしょう。それだったら山崎さん自身のほうがいけないんじゃないの。（山崎さんの顔を見て）あいすみません。

作品とモデル

山崎　こんどの『花のれん』は、女の大阪商人を書いたんです。芸能界の話で、主人は妾宅で同衾中に死んでしまうのです。残った御寮人《ごりょうん》はんが白い喪服を無意識に着て葬式しちゃう。喪服とは黒いものですね、ふつうなら。白い喪服を着たということは、二夫にまみえないしるしになるのですね。その白い喪服の亡霊にとりつかれながら、よろめかないで生涯を通してしまうのです。

菊田　あれは吉本興業の吉本せいさんと違うんですか。

山崎　芸能界の資料は吉本さんからいただいたのですけれども、吉本さんは船場生れじゃないし、あとは私がつくったものです。ところが吉本さんに娘さんがいらっしゃって、それぞれ立派なところへ嫁いでおられるので、船場生れにして下さったことはありがたいけれども、父は妾宅で死んだなんていうことはないし、モデルとまちがわれるから、困りますいうてらっしゃいました。

菊田　僕に言わせれば、モデルであろうと思われる人のおうちが、たとえば職業として芸能界に関係のある人であったとしたならば、そんな素人みたいなことを言うものじゃございませんと言いたいね。たとえば小説だって芝居だって、モデルみたいなものがいても、それとはちがう人物だものね。モデル問題をそう騒がれちゃ困るということ。

山崎　日本人は小説を読む訓練がいちばん足りませんね。

菊田　モデルと実際の人物と区別がつかなくなっちゃうから。モデルのことでは僕に面白い経験がありますよ。太平洋戦争がはじまってすぐ、真珠湾の九軍神というものがあったでしょう、潜水艦の特殊潜航艇に乗った軍人。あの話を海軍省で芝居に書けと命令されたの。それで僕は九軍神の家を訪問して、結局、福岡県の古野少佐という人を主な主人公にして書いたの。芝居は一般のお客さんにたいへん受けている。ところが古野少佐のお父さんが芝居を見に来て、わしのうちはあんな汚いうちじゃないと言って怒るんですよ。私は舞台装置をあまりきれいな立派なうちにしたんじゃ、哀愁がないので、苔むしたワラ屋根にして、子どもは水谷史郎という、ちょっと鄙びた名子役をつかったんです。ところがお父さんは、わしの末っ子はあんな鄙びたガキじゃないと言って怒っちゃった。この場合は実在の名前を出したから無理もないけれども、そうすることによって、芝居がいっそうよくなるのだということの理解は持てないの。だから日本人というのは、なにか自分がモデルかもしれないと思ったら、やはり怒ったりするんでしょうね。しかし相手が芸能界の人だったら、モデルというものは、ただヒントを得ただけで、あとはちがうんだということをわかってもらえるはずじゃありませんか。自分のほうがいつ逆の立場になるかわからないんだから。

山崎　今度つくづく思ったのですが、これだけ大きい戦争を境にして、読者の小説の読み方というものはたしかに変って来ましたね。昔は小説でもなにか作りごとを書いただけで通っていたような気がするんですが、やはりこんどの戦争の激しい体験を通して、戦後の読者は実生活者の意識というのですか、あすから生きるエネルギーみたいなものがないと承知しない面がありますね。

菊田　それはある。

山崎　このごろの読者を打とうと思えば、自分がやはり打たれるくらいの気持にならんとだめになったですね。

菊田　それはそうね。打たれ方がちがうのじゃないかしら、昔の人とね、いまの人は。そうしてなにか事実というものね、それを非常に重んずるわね。読みながら実際こうだったかどうかということね。そういうことが積み重なっていって、人を打つというものに変って来ているような気がしますね。

山崎　実生活者としての行動と意識みたいなものに結びつかないと承知しない面があります。

大阪ブームというものがあるとすれば、そういうところじゃないでしょうか。大阪ものはわりと売れるというのは、いちばん庶民的ですから、実際生活をする人の行動とか意識に結びつく。

大阪商人のど根性

菊田　大阪人のど根性いいますがね、山崎さんはどういう解釈をしていますか。

山崎　ど根性ということは、もともとわたしの解釈では、ピンチに遭ったときの処理の仕方だと思うのです。ふつうだいたい人間は十の力やったら大変動に遭うと八ぐらいの力しか出んものですね。十の力を十二出せるやつがど根性のあるやつだということじゃないでしょうか。

菊田　そうよね。

山崎　非常に当世流に言えば、ピンチに強い精神ですね。

菊田　ピンチに遭ったときに十の力が六とか七に落ちないで、十あるいは十二発揮してやれるということの裏づけは、大阪の人には、どっか楽天的なところがあるからではないかしら。

山崎　ええ、ええ、そうなの。

菊田　大阪の人の楽天性がど根性の裏づけをしているだろうと思う。

山崎　それがまた大阪人の愛される点ですね。あれだけ商売にえげつなくって、凄味があって粘り強くて、もし楽天的なところがなかったら、やはりちょっとやり切れませんものね。

菊田　大阪の人に言わせれば、たとえばどうにもならなくなってしまっても、なんとかなるやろという気持がありますね。それが東京の人の場合はわりと強い精神を持っている人でも、明日は明日の風が吹くになるのですよ。明日は明日の風が吹くでは、やはり十二分の力は出ないと思う。やはり十のやつがせいぜい出ても八ぐらいに止まっちゃうと思うね。なんとかなるやろだったら、明日の朝になったらちゃんともとをとり返しているんだから。なんとかなるやろと、明日は明日の風が吹くのちがいだと思うな。東京の人は明日は明日の風が吹くすら言わない人が多いんじゃないかしら。

山崎　逆境になったときに、深刻に考え込むのはだめですね。大阪の人にはなにか天窓みたいな吹きぬけがあいていますね。

菊田　向い風が強くなっても、どっか穴があいているから抜けちゃって応えないんですよね。それは山崎さんにはわからないかもしれないけれども、僕の場合えらい天窓があいているんですよね。天窓があいているから、わりと応えないの。応えたァということを言っているんだけれども、よく考えてみたら応えていないで抜けちゃっている。僕の場合はどこかに一本釘が欠けているという気がするの。それがあるから大阪人の気持がわかるの。

山崎　わたしにもそういうところがあります。それはわたしね、やっぱり思うのは、大阪人の持った強味というものは、つまらないところで勝とうと思わない点ですね。

菊田　それはそうね。

山崎　東京、大阪と対立させるのはいやですけれども、それがどんなところでも、どんな小さいことでも、すべて勝たんとすまんいう人がありますね。そういう人はだめですね。その点大阪人いうのは、つまらないことには（両手を上げる）負けておきます。ことというところだけはとことんの力で当って勝ちますからね。

菊田　ちがう言い方をすれば、大陸的なところがあるんですよ、大阪の人は。

山崎　昔から華僑と折衝が多かったから。

菊田　それもあるでしょうね。昔から華僑との折衝で、やはり大阪の商人の体内に残っているのじゃないかな。華僑はそうですからね。中国人と商売で競争してもぜったいかなわないですね。どこかでたいへん勝っているような気がしているんだけれども、よくよくお金の勘定をしてみたら負けちゃっているというところがありますね。それがこの大阪人と東京人と比べた場合には、東京人は日本人で、大阪人の場合は華僑的なところがありますよ。

いい女はたて養い

山崎　それはわたし、大阪の女の人にも、あらわれていると思うんです。大阪はおんなと言わんでしょう、おなご言いますね。おなごいう語感には、牛車を引いて生活する粘り強さ忍耐強さ、そうしてフーッと抜けているような、飄逸なユーモアがあるのですね。そういうものは大阪しかないということは言えませんか。

菊田　間の抜けた感じね、その言葉自体そういうものが出ますね。しかし、女は東京と大阪と僕はそう変らないような気がするの。女は土壇場になって来るとなにか強くなっちゃって、その点そう変らないような気がするけれども、男はちがいますね。文学青年が東京で、そうでないのは大阪だという感じですね、人間全体が。

山崎　東京にはたて養いという言葉がありますか。

菊田　女が亭主を養う。

山崎　大阪では女がたて養いする。

菊田　つまり女房が亭主を尻に敷かないで、チヤホヤじゃないけれども、ていねいに奉りながら、しかも自分はせっせと働いて亭主を養っていく。

山崎　主人は大事にしておいて、自分は身を粉にして働いて養って、しかもいばらないで、全部自分でやりますね。それが自分にとって悲しいことでも辛いことでもなくって、楽しがってする甲斐性女。

菊田　東京にはいないかしら、そういう女は。いるのはいるでしょうけれども、大阪にはわりにザラにいるね、そういう女は。

山崎　あれはたて養い女やからいい女やね、言います。

菊田　その場合亭主は遊んで、女房が働いていても端で見て惨めな感じがしないですね。亭主も惨めに感じないし、女房も惨めな感じがしない。

山崎　それが一種の楽天性です。

菊田　どっちも、暢気《のんき》で楽天的だから、見ていてちっとも……。

山崎　それをつないでいるものは、俗にいう惚れているということだけなわけです。

菊田　将棋でもしながら、あいつよう働きよるわな、と言って亭主は遊んでいるんですよ。亭主はそれでけっこう楽しい。

山崎　卑下していませんね。

菊田　周りの人もそれはええなあ、お前の女房ええなあ言いながらやっているのですね。東京だと亭主はなにか卑屈になっちゃうし、周りが悪口を言うし、悲愴になっちゃうけれどもね。そういうことはないわね。そういえば東京にはそういう言葉はないな、いまはじめて気がついたけれども。

船場は特権地帯？

菊田　山崎さんはどうも大阪の意識が強すぎると思うんだけれども。

山崎　大阪でなかったらもう夜も日もあけんのです（笑）。大阪におっても大阪の自慢しているんですからね。大阪人同士でも、大阪は大阪は言うてますから。

菊田　僕はズケズケ言えば、大阪を誇りすぎているというところは、それは卑下していることだと思うんだけれども。

山崎　誇りじゃなくってのろけみたいなものですね。のろけるという言葉は下品ですけれども、何年たっても飽きんほどぞっこんまいった人のことをのろける気持なんですね。わたしは大阪コンプレックスじゃなくって、強烈すぎる言い方ですが、優越感をもっています。

菊田　優越感？（驚いた顔をする）

山崎　船場の人はみなそうですよ。このあいだ会ったアメリカ人なんか、わたしが船場、船場言いますからびっくりして、自分はだいたい純粋な日本人はいない、みな朝鮮系統だと思っていたが、純粋な日本人というのがいたということをはじめて知ったというんです。どうしてですか、ときくと、あなたの話を聞いていると、まるで大阪の船場の人だけが朝鮮から来ないで、天孫民族みたいな気がする、というんです。そういう印象を与えるほど私は優越感を持っているらしいんですよ。

菊田　それじゃ結婚の相手も船場の人にかぎるんですか。

山崎　ええ、船場の人は一族結婚ですわ。だいたい暖簾結婚だったわけですね。船場は船場にかたづく。船場を出たら華族が平民になったような気がするんじゃありませんか。大阪の一種の上流階級ですからね。東京の上流階級言うたら華族でしょう。大阪の上流階級は船場でしたからね。

菊田　これは僕の商売の話になりますけれども、大阪では芸人が育たない。大阪出のタレントがたくさんいるんだから育てろと言っても、育たないですね。ダイマル・ラケットとか、蝶々・雄二なんかというものは育ってきたのですけれども、これはきわめて珍しい例ですね。

あっちでは育て方が下手なのか、お客さんは大阪仕込みのものはそう見とうないのか、どっちかと思う。それが育ってくれれば、われわれの商売はたいへん楽になるんですよ。そうするとだいたい東京のタレントは東京へ置いて、大阪のタレントは大阪でやって、ときどき交流すれば商売になるんですよね。東京の一人のタレントをあっちやり、こっちやりになると、向うの要求するほどまわせない。けっきょくはんぱな商売をしちゃって、どっちも入らなくなったりして、帳面づらが赤字になっちゃうんですよ。大阪で育てろと言うけれども育たない。

山崎　そのくせ大阪出身の作家とか、芸能人の肩入れいうものはたいへんなものですね。『花のれん』が「中央公論」に載っているときに、「中央公論」なんか縁のなさそうな、ヤツワリはいたおっさんみたいな人が本屋にきて、「中央公論」をパラパラめくって、『花のれん』のところだけ十頁ほどつまみ上げてこれだけで百五十円か高いな、言うている。おっさん、これ何カ月くらい連載や思う、さあ半年くらいやろう、ええ、かけると……（計算を入れる真似をする）九百円。本になったらなんぼや、三百円かそこらやろ、ほんならそれにしょ……（笑）といった調子だったそうです。

菊田　ぼくは小さい時からずいぶんあちこち歩きましたが、好きだという意味から言えば長崎県ですね、これは景色がよかったりなんかありますから。ただ懐しさという点から言ったら大阪の方が懐しいですよね。これは小僧奉公して最初のところだったから印象が強いのですよ。最初は平野町というところだった。このあいだ子どものころ見た町、それからお店の品物を届けに行ったようなところを調べて回ったけれども、僕のいたところはパチンコ屋になっている。やだったね、チン、ジャラジャラとやっていてさ（笑）。店のあとを方々回って懐しかったけれども、大阪の道修町《どしょうまち》の古い家というのはだんだんなくなりますね。そのころの僕は年期奉公だったからね、一カ月五十銭のお小遣いもらっていた。御主人と働く人との関係はたいへん封建的なものですよ。ああいう封建的なのをいろいろ芝居なんかにして書くとたいへん大阪の人はノスタルジアを感じるらしいのね。とにかく主人が飯を食うところと、大番頭が飯を食うところと、中僧の食うところと、小僧の食うところとぜんぶ違う。場所が高かったり、低かったり、小僧は床几《しょうぎ》にかけて隅で食ったり、女中はへんな炊事場の流しのそばでお膳なんかなしで、流しのふちになんか置いて食べたり。それを芝居に書くと大阪の人は喜んじゃう。

山崎　内緒ですけれども、わたしの優越感なんかはそういうところから出ているんでしょうね。

菊田　あなたはいとはんですからね。僕は丁稚だから優越感は感じないよ（笑）。船場の優越感なんか、馬鹿にしてやがると思っていたもの。いちばんかばってくれたのが女中さん、僕がひっぱたかれたりしたときに。

山崎　かわいらしかったんですか。

菊田　そうらしい。女中さんがいちばんかわいがってくれた。僕はノロマだから御飯を半杯ぐらい食べてどかされちゃう。それで夕方まで重い荷物を引っぱらなければならないですから、そういうときは女中さんがそっとおにぎりを作ってくれたの。

山崎　ほんとうに武家のうちと同じですね。階級制度がはっきりして、槍を持つか、ソロバンを持つかという違いだけですよ。
菊田　僕は半年奉公しているあいだに、主人たちの部屋に一ぺん入ったことがあるきりですよ。
山崎　その逆に私なんか、女学生のころ、手代さんにハンサムな人がいても、ちょっとその人の顔を見に行くのに難儀しましたね。
菊田　そりゃあいとはんが僕ら丁稚なんかと口をきいちゃあかんものね（笑）。

（「婦人公論」一九五八年八月）

菊田一夫（きくた　かずお）

一九〇八年生まれ。劇作家、作詞家。

横浜市出身。生後まもなく孤児となるも、大阪で小僧などをしながら夜学に学ぶ。一九二五年に上京。印刷工として働くかたわら、萩原朔太郎やサトウ・ハチローらと出会い、浅草国際劇場の文芸部に入る。やがて、東宝文芸部の主力となる。

戦後間もなく、作曲家の古関裕而とコンビを組み、映画、演劇などの音楽を手がけ、『君の名は』シリーズほか多くのヒット作品を世に送り出す。一九五五年、東宝の取締役に就任。映画や舞台の原作・脚本・演出に精力的な活動を続ける。また、『がめつい奴』『暖簾』など、大阪を舞台にした作品により「大阪ものは菊田一夫」と賞賛された。森光子の舞台作品としても有名な『放浪記』も、菊田一夫脚本。

一九七三年死去。その功績を記念して一九七五年に菊田一夫演劇賞が創設された。

ええとこばかりの浪速女

浪花千栄子（女優）×山崎豊子

直木賞で〝おまん〟もろた

山崎　まあ、お待たせしまして、こんにちわ。

浪花　ほんまに、お久しぶり。あんたをつかまえんのに随分苦労しましてんぜ、もう一ヵ月以上も前から……。

山崎　すみません、つい忙しいもんですよって……、ああ、この握手、ほんまに浪花さんらしいわ、両手で……（笑）。

浪花　そないいやはっても、うれしいもんやさかいついな……。それでもお元気で何よりです。『花のれん』、お目出とうさんです。早速読ませてもろて……。映画になりますやろ、私、もうちゃんと今から私の役柄考えてますね。

山崎　おおきに、そないいうてもろて私もうれしいわ。この間も、（中村）鴈治郎さんに逢うたら、〃お豊さん、お豊さん、『花のれん』わたいガマ口でっせ！〃いうて、気の早いこと。

浪花　へえ、鴈治郎さん、もう口かけてきやはりましたんか？　ほでも、山崎さんよろしおますなぁ。私は、あの金貸しのおばはんか、お茶子でんな、頼んます。

山崎　そりゃもう、浪花さんに出てもろたら、何しろ大阪弁は絶対やし、鬼に金棒みたいなもんや（笑）。

浪花　大阪弁いえば、これは独特の味がおますよってな……。

山崎　直木賞もろうたとき、大阪ではこんな文学賞なんかもらうことめったとないこっちゃいうんで、あっちこちから果物やおまん（おまんじゅう）沢山もらいましてん。

浪花　ほうほう。

山崎　そのこと、東京で授賞式のちょっと前に文藝春秋の佐佐木さん（茂索氏）にお話したら、〃うんうん、それは面白い〃いうて、こんどは大勢お客さんの来てはる会場でその話しやはりますね。みんな、わあわあいうて笑いはりますねん。私はわからんものやから、何がそんなに面白いのやろ思うて、後で気がつきましてんが……原因は〃おまん〃やいうことが……（笑）。

浪花　そりゃ笑いはりますわ。東京の人は、おまんいうたらあんた……（笑）。

山崎　それを知らんもんやさかい……。

浪花　そやけど、おまんはおまんでよろしおますねん。

山崎　大阪ではみんな、おまん、おまんいいまんがな（笑）。――それにしても言葉いうものは、むずかしもんですな。

浪花　ＮＨＫでアチャコさんといっしょにやった『アチャコ青春手帖』ね、あれで私がせがれのアチャコさんに、〝そんなとこでおいど出して寝てたら風邪ひくやないか――〟いうとこおますねん。この〝おいど〟が東京の方にはわかりません。おいどいうたらおへそのことだろか、いやはる。――そのほか、吉村公三郎先生の『夜の素顔』では、〝じゃじゃばる〟いう言葉が出てきますが、これはつまり、ごてるという意味。それから、〝せちべん〟いうのがあります。意地の悪いこと、とくに六十婆さんが厚化粧でもして、何となく厚かましくかまえてる、あれですね。

新町の〝ごんた〟いうのは……

山崎　私は、〝がしんたれ〟いう言葉は大阪生まれのくせに知りませんでしたね。

浪花　そりゃあんた、大阪のミナミの育ちやから知らはらへんねんわ。

山崎　というと、どこの言葉なんでしょうか、――なんでも、大阪弁の中には九州だとか、あっちこっちから入ってきている言葉があるそうですね。それが大阪港から川筋にそうて大阪の街へ広がっていったいいますけど……。

浪花　そういえば、あまりお上品でない言葉もいろいろと伝わっているようですね。たとえば、アチャコさんが使いはったことがあるんですが、〝どくされ〟なんか、ぐずぐずいわんとどくされっ！というふうに使うんですが、どくされというのは〝寝ろ〟ですねん。

山崎　〝どくされ〟とは聞いてて随分ひどい言葉のようだけど、実感がこもってますわね。

浪花　そこが大阪弁のええとこですがな（笑）。――アベックのことを〝いかけ〟、これは、いかけというのは物をくっつけたり、穴をふさいだりしますやろ、あれからきてる思いますな。〝ごんた〟はどうです。やんちゃで、いたずらっぽいこと……。

山崎　そういえば、私、朝日放送の東京支社長の吉田さんから、初対面でご挨拶したときに、〝新町のごんたいうのはあんたのことやな〟いわれたことがあります。

浪花　そのほかに、おでこのことを〝でぼちん〟。七輪が〝かんてき〟。あまり聞かなくなったけど、しゃがむ、うずくまるということを〝ちょちょこぼる〟というんですね。これなんか大阪特有の言葉ですな。

山崎　浪花さんは、映画にしても、ラジオにしても、もっぱらしゃべる方ばかりですけど、私の方は、しゃべり言葉も字で表わさんなりませんので一苦労です。というのは、しゃべり言葉と違う、いうことですねん。――例えば、〝そやあらしまへんが〟というのは話し言葉ですけど、これを文字で表現するときは、〝そやあらしまへんでっしゃろ〟と書くようにします。でないと、読む人にはわかりにくいんです。それから、それで、というのを大阪弁では〝ほで〟と軽く発音しますが、これは帆立貝かなんかと間違われるおそれがありますので、〝そいで〟

と書くようにしています。まあ、こういうところが厄介なところで、大阪弁も文字で表わすときには、話し言葉に味の素と塩で味付けして、読みやすいようにと心がけています。

浪花　『お父さんはお人好し』を例に出しますが、私は、放送劇なんかであんまりきたない言葉は使わないようにと心がけて、島之内あたりの、いわば大阪の標準語をなるべくとり入れるようにしているんですけど、よく投書が参りまして、焼いも屋やキャンデー屋のおばはんにしては、上品すぎるやないか、いわれますねん。

山崎　でも、船場言葉や島之内言葉やいうて、特別に区別する必要はないと思います。ただ、現在、大阪で生きた言葉として使われている中で、キレイなものをなるべくとり入れるようにしてゆけばいいんじゃないかしら……。長屋のおかみさんでも、船場の御寮人《ごりょうん》さんでも、それぞれちゃんとした敬語があるんですから、それらを間違いなく、正しく使い分ける心がけは必要や思います。

浪花　そうですなあ。まあそういうことは、山崎さんのような方に、正しい大阪弁の使い方、とでもいうような本にでも書いてもろて、一人でも多くの人に知ってもらうようにせんといけませんな。

東京でげっそりやせる

山崎　大阪弁の話が大分出ましたけど、これはちょうど料理で関西のそれと、東京のとでは、調理法や味付けの仕方が違うのと同じようなもんやないか思いますね。

浪花　そうですね、関西では菜っ葉一つ煮るにしても、おしょう油はうす口で、なるべく材料の生の色を生かすようにあっさりと仕上げるわけですけど、東京の方は、どうしても味が濃厚のようですね。

山崎　そうそう、でもやっぱり料理は関西ですね。鰻の蒲焼きをするときに、東京は背開き、関西は腹開きと大体むかしからの習慣になってるようですが、東京の背開きというのは、江戸時代武家階級が多かった関係から、腹開きは切腹を思わせて縁起が悪い、というんですね。だけど、腹開きの大阪の方がずっとおいしい。味付けにしても大阪の方があっさりして、私なんかには口に合いますね。――東京の味付けが一般に濃いのは、一つには激しい生活環境にもよるんやおまへんか……。

浪花　ほんとに、私も前の『暖簾』の舞台で東京へ行ったときは、第一ホテルに十日間ほどいたんですけど、もう、なんやビルの工事場のカンカン、それに自動車や電車のブーブー、ピーピーいう音ね、ひどいもんですなぁ。――それにあすこは、朝ご飯は九時まで、夕食は午後の九時までいうことになってますねん。そやから、昼は仕事で外へ出ても、忙しいもんやからろくにお昼は食べしません。夜は大体ホテルへ帰るのが九時過ぎでっしゃろ……。それに私は小さい時、長い間大阪で女中奉公してた癖で、街へ出てもめったと外でお食事したり、飲みものを飲んだりせぇしません。ほんまに飲まず食わずタレず、いう習慣が身についてるもんやから、もうこのときはげっそりとやせてしまいましてな、舞台で森繁さんを膝にかかえるところがおますねんけど、フラフラッとしたもんやから森繁さんがびっくりしやはって、〝浪花さん、あんた何食べてんねん、しっかりしなはれ……〟いわれて、もうはずかしいやらテレくさいやらで、返事に困りました。

山崎 ほんまに、浪花さんらしいことですわ、やっぱり浪速女やなぁ。

浪花 ほいで、やっと築地へ引越して好きなお茶漬けを食べて持ち直しましてん。

山崎 浪花さんのそのお話聞いたら涙が出るほどうれしい……。さっき、浪花さんのこと浪速女や、いうたのは、大阪の女の人はまず忍耐強いいうこと、辛抱強いんです。それから、ええとこばっかり並べるようやけど、することが着実ですねん。

浪花 そうでっしゃろか、そないいわれたら、何やうれしうて私まで涙が出ますがな……(笑)。

大阪にベタボレ

山崎 私はこう思いますねん、『花のれん』のお多加さんのような女ね。それから『夫婦善哉』のお蝶みたいな女、この二人はだれが何といっても浪速女の典型でしょうね。こういうのを大阪の商家では〝甲斐性女〟いいますけど、牛車を引くようなねばり強さ、そのくせ、どこかにユーモアと才覚を持ってるんです。そやから、ギリギリ一杯の生活をしていても、まあ何とかなるわ、いうような気持を捨てないんですね。頭のどこかに天窓でも開いていて、そこからぽっかり青空がのぞいてるような明るい気持ちね……。

浪花　なるほどね、私なんかも小さいときから苦労して大きくなったもんやさかい、山崎さんのおっしゃること、ようわかります。

山崎　私が自分でこんなことというのは、ほんとにおこがましいんですけど、実は私も浪速女の一人やと自負してますねん。最初の『暖簾』を書きはじめてから世に問うまで、大方七年ほどかかりましたし、大阪の手工業で出来る昆布屋なんてとこで昆布を削るだけで四十何年も働いたはる人を見てるせいか、一歩一歩辛抱強く、といった生活の仕方は、私にとっては極く当り前のように思えるんです。人間は苦労せなあかん、いうようなことが自然と身についたんでっしゃろ思いますねん……。それにしても、浪速女の浪花さんがナニワというのは、うまいこと名付けたもんですね。

浪花　私はさっきも申しましたように、小さいころは貧乏で、九つのときから十七まで、道頓堀の浪花いう仕出し屋にオチョボとして奉公してましてん。それから十九歳の秋に、村田栄子という女優さんの一座が『正チャンの冒険』を打っているときに拾われて、香住千栄子と名のったんですが、その後、高木新平さんや原駒子さんたちと一緒に映画に出るようになって、初めていまの浪花千栄子を名のるようになりましてん。

山崎　そうですか、ほんまに浪速女のナニワチエコとは、実物と商標がピッタリ、というところですわ……（笑）。

浪花　山崎さん、近ごろはお仕事の都合で東京へよう行かはるようやけど、東京はどうです、大阪と比べて。

山崎　私はね、こんなことというたら東京の人怒らはるやろ思いますけど、もう東京へ行って三日もすると、手の皮膚がヒリヒリしてきまんね。ちょうど散髪屋で顔剃ってもろた後みたいに……。

浪花　へぇ！　それはまたどういうことです？

山崎　つまり、肌が合わん、とか、水が合わんいいますやろ、あれですねん。そやから、よう雑誌の編集関係の方が、どこか東京に宿をとって書いては、いわれるんですが、もうあのガサガサとせわしない街ではとても仕事になりませんね。絶対に大阪でないと……。なんぼ遅うなっても、その日の夜行に乗って帰ってくるくらいですねんわ。

浪花　ほんまになあ、私なんかもようい われますねん。森繁はんや、京マチ子さん、山本富士子さんらかて大阪出身やのに東京で仕事したはるやないか、あんたも東京へ出て来たらどうや、いうて。――そやけど私は、やっぱり家におらんと落着きまへんね。仕事やいうたら出かけて行きますけど、済んだらサッサと帰って来ます。何というても大阪は私の故郷ですもんな……。

山崎　ほんまに私も同感、大阪にベタボレですわね……（笑）。

（「毎日グラフ」一九五八年十月十九日）

浪花千栄子（なにわ　ちえこ）

一九〇七年生まれ。女優。

大阪府富田林市出身。道頓堀の仕出し屋の女中奉公を振り出しに、様々な苦労を重ねるが、村田栄子一座に弟子入りしたのがきっかけで芸能界入り。その後、渋谷天外と共に、松竹家庭劇に属し、新潮劇、新喜劇を経て、映画、舞台にも多く出演。森繁久彌と共演した『夫婦善哉』、黒澤明の『蜘蛛巣城』などで有名。花菱アチャコと組んだ『お父さんはお人好し』などラジオでも活躍した。テレビドラマでも『太閤記』『細うで繁盛記』などに出演し、人気を博した。

一九七三年死去。没後、勲四等瑞宝章受章。

第三章　「消えない良心」を書く

事実は小説よりも奇なり

城山三郎（作家）、秋元秀雄（評論家）
三鬼陽之助（評論家）、伊藤肇（「財界」編集長）×山崎豊子

人物設定のカラクリ

伊藤　小説のモデルを追及するくらい愚の骨頂はないといわれていますが、今日の座談会は敢て、それに逆って、「事実は小説よりも奇なり」と題して、喋って頂こうとお集まり願ったわけです。まず、「週刊新潮」に連載した『華麗なる一族』の山崎豊子さんから口火をきってもらいましょうか。

山崎　私、逆にね、三鬼さん、秋元さんに、伺いたいのですけど、経済評論家とか、新聞記者出身の方は、常に真実を報道するという立場で、ずっとやってこられたのですから、ある事実、ある事件があり、そこを出発点として、事実をつみ重ねて、小説の筋を発展させていかれるのではないかと思います。

三鬼　どうしても、事実にこだわりすぎ、事実をパンのタネとして醱酵させ、ふくらませるということに弱いね。

伊藤　嘘と真実との区別がつかぬ作品を書くのが小説家なんだから、逆説的にいえば、ジャーナリストとして優秀であればあるほど、作家としてはそれがマイナスに作用する。

山崎　しかし、小説の場面というものは、調査が丁寧であればあるほど精彩を放つものですから、取材は徹底的にやらねばなりません。恥も外聞もなく対象に肉迫するのは、やはり、ジャーナリストの取材精神です。

伊藤　そうすると、どこが違うのですか。

山崎『華麗なる一族』を例にとりますと、まず、万俵大介という、邸内では妻妾同居のぎらぎらした脂ぎった生活を営みながら、一歩、外へ出ると、冷厳にして冷徹な人物を設定します。そして、その冷厳さを説明するために、肉親の会社をも犠牲にして、企業的野心を遂げようとする筋を考えます。次いで仕事に生き、仕事に死んでいく、長男の鉄平を誕生させ、さらに兄の側にも、父の側にもたたないで、常に傍観者的に見ている次男、銀平、つまり現代の青年そのものなんですが、それを設定してから、職業をきめるわけです。

伊藤　われわれは「記者が尊重しなければならぬものは事実だ。事実の上にもとづく立証だ。それを忘れて、あまり頭の中で先走りしてはいけない」と、先輩からよく説教されたけど、小説作法は、まず、頭走りするのが大事なんですネ（笑）。

城山　ドストエフスキーは、一枚の大きな紙に、作中に登場する人物と、その関係の要点を記すばかりでなく、性格やちょっとした会話までも書き込み、半年以上も時間をかけて、これが完成すると、初めて筆をとり「ドストエフスキー」の速さをもって一気呵成に書きあげたと伝えられています。まず、人間像を明確につくりあげるのは小説のＡＢＣでしょう。

山崎　人物の次に考えましたのは、企業悪と官僚悪とが最も密着しているのは何処か、ということです。はじめは新日鉄的なマンモス製鉄の社長に万俵大介をもってこようと思ったんです。ところが、陰湿で冷厳、しかも怪異な二面性が、鉄ではピンとこない。それでも三カ月ばかりかけて鉄を取材したのはしたのです。しかし、調べれば調べるほど万俵大介と結びつかない。そのうち、ふと、銀行ならいけそうじゃないかと思い、鉄を捨ててその取材に入ったら、ピタリと重なったので、万俵大介を製鉄会社社長から銀行頭取に就職させ直したんです。

三鬼　私が最初、あの小説をよんだ時、ああ、これは神戸銀行の岡崎一族だな、と思ったんですがネ。

山崎　そうじゃないですネ。妻妾同居というスノビズムとアブノーマルの権化みたいなことをやっていながら、それをチラッとも表に出さぬ極端な二面性をもった万俵大介という人物を創り出したのがきっかけで、これなら、小説の筋も面白く発展させられると思ったのです。

主人公の性格設定に苦心しただけあって、万俵大介の性格が、にくらしいくらい鮮やかに描き出されている。目的のためには手段をえらばず、しかも冷徹に計算しつくした上で、沈着にことを運ぶ万俵大介の狡猾さは、妻妾同居の妾を切る時にはクライマックスに達する。(伊藤)

伊藤　万俵大介は山崎さんが創造された小説中の人物とはいいながら、心のひだまでしりつくして書いた人物だけに、読者にとっても非常な迫力を感じさせます。

山崎　小説の人物、ストーリーの設定がまずあって、それに合うような事実を取材したなかで汲みとっていく、というのが私の定石です。

判らなかった金融論

伊藤　定石通りにはいかぬ場合だってあるでしょう。

山崎　そりゃ、大いにあります(笑)。あるバンカーに「小が大を食う合併を考えて下さい」といったら、「そんな、ムチャな」と一笑に附された。しかし大が小を併呑するというなら、極めて現実的で、当りまえで、少しも面白くない。よく、ジャーナリストの新人教育にいうじゃありませんか。「犬が人に嚙みついた、これは当り前すぎてニュースにはならない。人が犬に嚙みついた、これはニュースだ」(笑)。拝むから、荒唐無稽でない限り、何とか、小が大を食う線を考えて下さい、と一所懸命にゆさぶって考えてもらったんです。

秋元　経済のケの字もしらぬのに、そういうことを考えつくのは、恐ろしい作家だ（笑）。

山崎　いやいや、そういう場合、経済がさっぱりわからぬということは、全く辛いし、悲しいことなんです。

三鬼　やはり、勉強するのですか？

山崎　銀行をテーマとする以上は金融論を勉強するのが常識といわれて、とり組み、七転八倒しました。何といいますか、金融論というのは、作曲の対位法とか、物理学の量子力学とかそういうもののわかる特殊な頭脳構造をもった人じゃないと理解できないのじゃないですか（笑）。私も二カ月ほど講義してもらいましたが、どうやってもわからないということがわかりました（笑）。

秋元　城山三郎さんは愛知学芸大学で経済学を講義されたんじゃないですか？

城山　理論経済学です。

伊藤　むずかしいのでしょう。これは……。

城山　いや、ボクはやさしいところまでしか知らなかったから、難しいとは思わなかったです（笑）。

秋元　象牙の塔を出られて、あえて俗塵にまみれる作家になられたのは、どういうわけですか。最初から小説家になられるつもりだったのですか。

城山　いや、最初から作家志望だったわけではありません。一つは理論経済学でゆき詰ったということでしょうネ。理論経済学は高等数学ですから、これができぬと、理論経済学の蘊奥《うんのう》を極められない。私は名古屋商業という商業学校から一橋大学へいったものですから、この高等数学がさっぱりです。もう一つは、岡崎という地方の大学に就職したために東京のように新しい文献が全く手に入らない。これは学者としては致命傷です。

秋元 二重、三重の壁にぶつかったのですネ。

城山 作家になろうと思ったのは、われわれの世代は戦争でひどい目にあってきたでしょう。軍隊という組織悪の標本みたいなものを身にしみて体験してきたから、そういうものを書きとめ、書くことによって復讐したいという気がある。

伊藤 怨念ですか。

城山 それと同時に、いま日本は経済大国となり、すぐれた経済社会をつくりあげていますが、日本の小説は、どうも、そういう経済社会の外で書かれているような気がするんです。小説が人間の生きかたを問うものであるとすれば、この経済界でどう生きるか、また、どういうかかわりあいかたをしていくかということは、非常に大きな問題なのに、どうも、それらをはずれたところで小説が書かれていることに対する一種の不満があったんです。

伊藤 直木賞をとられた『総会屋錦城』、あれで文壇に名を広めたわけですが、理論経済学からいくと、最低の次元の世界ですわネ。そこに特に目をつけられたのは、どういうわけですか。

城山 「中京財界史」というのを中部経済新聞に連載したでしょう。

伊藤　作家になる前ですネ。

城山　あれは景気の変動を経営者たちがどう受けとめたか、という景気論と経済史とをミックスさせたような仕事だったんだけれども、連載を終ったところで、クレームがついたんです。それは、いわゆる総会屋とよばれる人たちからです。こういうんです。「会社の合併をいろいろ書いているけど、あれじゃ、表面をさすっただけだ。裏面では、われわれが随分働いてそのおかげで合併ができたんだぜ」。たしかにその通りです。私は資料を刻明に分析して「中京財界史」を綴ったんですけど、資料には裏面の動きは出ていませんからネ。

伊藤　そりゃそうでしょう。

秋元　所詮、企業というものは、生身の人間によって構成されているドロドロした感情のルツボみたいなものですから、表面よりもむしろ裏面の動きによって、大ていのことは決められていくんです。きれいごとだけでは済みませんよ。

伊藤　表面のきれいごとでは小説にならないけど、裏面のドロドロは、人間くささがむき出しになるから、小説となる。

城山　うかつな話ですが、私は、その時はじめて総会屋という存在に気がついたのです。企業のアウトサイダーです。ところが、アウトサイドで見たほうが、実際には、ものの本質がよくわかる場合があるんですネ。健康な部分ではわからないけれども、企業が病んだ時、はじめて実体がわかることがあるでしょう。そういうところから「総会屋」に興味をもって錦城を描いたわけです。

神との対決がなくなった

伊藤　「内幕もの」の興味ですか。
城山　内幕というよりも、厳しい経済社会のなかに生きる男のロマンみたいなものを書いてみたかった。大体、サラリーマン経営者というものにはロマンは感じられない。
秋元　型にはまってしまうからネ。人間的な面白さは減殺される。
城山　ロマンをもった経営者は、どういう形で企業のなかを生きていくかを追ってみたかった。
城山さんは総会屋を手術台にのせた。
「たしかに総会屋もダニだ。間宮も一匹のダニ。錦城もダニ。貫禄や実力に大小の差はあっても、ひとしく会社の闇の血を吸って生きている。どの大企業にも、数匹、数十匹のダニがついている。用といえば、年に二回の総会ですごんだ声をかけるだけ。無職無税のひまな体で、会社の秘書課あたりにとぐろを巻き、帳簿にのらぬ金を食って生きて行く。だが、それ以上に大きなダニが悪質な顧問弁護士や公認会計士なのだ。明るい血だけで満足せず、厖大な闇の血を要求する。企業は成長し、ダニもまた成長する。銀行もデパートもメーカーも、白く輝く衣裳の内側は、そうした闇の血を吸う大小のダニにとりつかれている」

企業の恥部を厳しく診断しながら、その恥部の帝王である主人公を「錦城ほどの年輩になると、億以上の資産を蓄めこんだり、息子をフランスへ留学させたりするような総会屋もある中で、錦城は金銭には恬淡であった。顔さえ出せば金になるのに、大洋銀行など馴染みの少数の会社以外の株を持とうとはしなかった」と総会屋に風格をもたせている。（伊藤）

伊藤　城山さんの『風雲に乗る』というカッパ・ノベルスから出した小説ネ。あれは日本信販社長の山田光成さんがモデルとききましたが、ホントですか。

城山　そうです。新興宗教でも教祖というのは非常に魅力があるものです。また、魅力がなければ人は集まりませんから。企業も、一代でつくりあげたという人物は、かなりのクセはありますが人間的魅力が横溢しています。山田さんは経験から帰納した独特の人生哲学をもっており、その人が哲学を本気で実行しようとするところに面白い人間模様が展開され、生きかたがそのまま小説となります。私は「女」を描くことが下手だといわれますし、また、私の小説には「女」はあまり出てきませんが、「女」は、その得意な作家にまかせて、私は青春小説を書きたいという衝動に駆られたんです。山田さんにはじめて逢った時のインスピレーションみたいなものです。

伊藤　近ごろのひどすぎるセックス小説や性文学にハラをすえかねた海音寺潮五郎は、ある総合誌に「こんなものがのさばる文壇には我慢ならん、いっそ筆を折って隠居したい」と書き、本当にその通りやってのけた。こういう硬骨漢のロマンチストが二人や三人はいないと文学者は尊敬されなくなります。

城山　まぁ、『風雲に乗る』は尾崎士郎の『人生劇場』の現代版みたいなものを書いてみたかった。

「伊勢木には、荒廃させられることのない何かがある。それは、決して力のあるものではない。静かなものであり、むしろ、鈍なものかもしれぬ。公介のような気性の男がこれから事業をはじめていくうえに必要なのは、むしろ、そうした静かで、鈍な心境ではないだろうか。気をつかいやすく、闘志をかき立てられやすい公介——闘いを持続していくためには、ときには鈍な気持ちにならねばならぬ。その意味での人生の師として、公介は伊勢木をたえず身近で眺めていたい気がした」

小説『風雲に乗る』の一節。公介が日本信販の山田光成社長。（伊藤）

伊藤　敗戦以来、日本に満たされないブランクが二つあると思うのです。一つは神との対決がなかったことであり、一つは理想的人間像の欠如です。

山崎　神との対決というと……。

伊藤　神を肯定するのも苦悩なら、神を否定するのも苦痛のはずです。にもかかわらず、日本はこの苦しみをぬきにして、簡単に神と妥協したり、神を捨てたりしています。新興宗教の氾濫はそのいい例でしょう。理想的人間像の欠如は、時代の典型として、人の心に深くきざみつけられるような人物が出てこなかったのも事実ですが、エコノミックアニマルの言葉で表現されるように、マネー・イズ・オールマイティの思想が定着し、心の問題が無視されてきたのが最大の原因でしょう。ようやく、今頃になって、心の飢餓感にさいなまれ、理想的人間像がやかましくいわれはじめました。その意味で、これからは城山さんのいわれる「青春小説」は大いに興ってもらいたいものです。

城山　いくら特殊な人間を描いても、どこかで人間の普遍につながっているものでなくては人間を描く甲斐がないと思います。山崎さんが人間の性格をきめるのに苦心惨憺されるという話、身につまされてわかります。

伊藤　も一つ山崎さんに〝命がけのお世辞〟をいえば、「作家の財産は、いい作品がいくつ残るかだけです。いまの私は、その財産づくりに必死なんです」といい放ち、文壇との交流にも背をむけ、冠婚葬祭にも眼をつむって、一年一作の原則を頑なにまで守り、全力を投球しているのは、立派です。でなければ、『華麗なる一族』のような持続的エネルギーを要する仕事は、とてもやれるものじゃない。

城山　全く同感です。

志を述べるための道具

伊藤　近頃、一つの事件を小説の形で書くのが流行していますが、ジャーナリスト出身の秋元さんが、ああいう形式にのめり込んでいった経緯みたいなものを話して頂けますか。

秋元　僕は長らく読売新聞の記者をやっていてネ、特に経済面を担当していたでしょう。何しろ、新聞のなかで一番面白くないのが経済面なんです。だから、これを読ませるために右側を経済面にしたら、左側をスポーツ欄にして、スポーツのついでにどうぞというわけです（笑）。もちろん、読者調査をやっても、経済欄は読まれている率が実に低い。当然、それを担当している経済部記者は肩身の狭い思いをする。そこでどうしたら、この欄を面白くできるかと考えたんです。その結果、ゆきついたところが内幕ものなら読まれるという事実です。

伊藤　たしかに、ジョン・ガンサー（アメリカのジャーナリスト。『欧洲の内幕』で好評を博し、ついで『亜細亜の内幕』『アメリカの内幕』『ソヴェトの内幕』などでジャーナリズムに新しい分野を開いた）の内幕ものは売れた。

秋元　ところが、日本のジャーナリズムでは「内幕もの」は非常に格が低いんだ。あんなものは三流新聞のやることで、一流紙がやるのは、はしたないという考えかたなんだ。このため「内幕もの」によう踏みきらない。また、ジャーナリスト自身も、本人がわかっているかどうかも理解に苦しむようなペダンチックな議論をいったり、書いたりするのには異常な熱意を示すけど、「内幕もの」というと「何だ」というような顔をする。そんなことから「内幕もの」不毛の時代が日本では、ずっと続いているんです。

伊藤　それに「内幕もの」というのは、かなり、その対象に肉迫していないと書けない。といって肉迫しすぎると対象に溺れ込んでしまう危険がある。そのむつかしい一線をささえるのは記者のもっている識見です。となると、「内幕もの」のやれる記者というのは限定されてきます。

秋元　そうなんです。僕はそういう気持をもちながら、新聞をとび出した。フリーライターになっても、この気持は執拗につきまとったんです。そこで一度、原点にかえってみたんです。迷った時には原点にかえれ、といいますからネ。すると、われわれは、ものを書くこと、つまり文章が商売だ。じゃ、文章が文章として存在するためには、読んで理解してくれる人がなくてはならない。そのためには、まず、「内幕もの」の文章が面白いことが大事だと思ったのです。

伊藤　それが小説の発想にどうつながったのですか。

秋元　どんなに悪口をいわれる小説も、読む側にとっては、有名な文芸評論家も僕のような素人の読者でも、基本的には全く同じ原則の上にたっていると思うんです。それは面白いか、面白くないか、ということです。面白ければ読まれるし、面白くなければ読まれない。実に明快な事実です。そこで、ひとつ、小説形式を借りて内幕ものを書いてみようと決意したのです。

伊藤 『小説 大蔵省』からはじまって『円の切り上げ』、『小説 自民党』、それに目下は『小説新日鉄』ですか……。

秋元 今日の司会者などは、ペンの純粋性を守るために評論家は評論に徹すべきだ、小説は邪道だ、といって叱りましたがネ（笑）。

伊藤 いや、今でも、その考えはかわらないんですよ（笑）。

秋元 僕は、小説を書いているなどというおこがましい考えはもっていないのですよ。勝手に、そんな形式を使うのは怪《け》しからんといわれれば、それまでですがね。

伊藤 とすれば、小説は、単にわが志を述べるための道具である、本道は別にある、ということですネ（笑）。

「会話」が難しい

伊藤 伝記作家の小島直記さんは、今まで小説を書きつづけてきたが、どうも、も一つ迫力に欠ける。靴の上から足をかいているような感じなんで、この際、思いきって評論に転向しようと準備している、といっていましたが、三鬼さんは、この反対に評論家から小説家に変貌しようとしていらっしゃる。昭和電工の前会長、安西正夫さんをモデルとした『ある経営者の生涯』という単行本を出されましたネ。

三鬼　あまり売れもしなかったし、評判もさっぱりだ（笑）。

伊藤　ダーウィンの進化論にも突然変異というのがありますが、三鬼さんの小説家への転向はそれに当るのですか（笑）。

三鬼　そうじゃない。私の青春時代の夢は、島崎藤村で、中学の先生をやりながら小説を書くということだった。旧制高校をドッペった（留年）時、法政大学の予科を選んだのは、その頃、法政の文学部には夏目漱石門下の教授が大勢いたからです。ところが貧乏家庭で文学部へは行かしてもらえず、学部は法科へ鞍替えさせられた。勉強もしなかったので、成績も低空飛行。卒業はしたけれども、何処へも入れない。仕様がないので、恩師の紹介で、経済雑誌「ダイヤモンド」の記者となった。三、四カ月は砂を噛むような思いだったが、俺みたいなものは、これしか食う道はないのだと、作家への道をあきらめ、文学書も売っ払って、かわりに経済の本を買い込み、鬱々《うつうつ》たる思いでそれを読みました。

伊藤　財界の鬼検事といわれる三鬼さんに、そんな過去があろうとは、信じられないような話ですネ（笑）。

三鬼　それから、ずっと四十年来、経済記者をやってきたのですが、数年前から、経済記者としての自分の限界を感ずるとともに、突如として四十何年前の夢が頭をもたげてきた。無性に小説が書きたくなった。そこで、おだてられて、財界事件を背景に、いくつかの短編を書いたが、いずれもモノにならず、くさっていた矢さき、安西正夫さんが亡くなった。弔問にいって、その遺影の前にたった時、この人の生涯は、この俺しか書けぬのではないかというインスピレーションみたいなものが閃《ひらめ》いたのです。

伊藤 評論家に小説を書かせるのは、出版社としては大変な冒険ですけど、よく、ふみきりましたネ。

三鬼 押しかけていったんです。サンケイ新聞社出版局の小野田政氏のところへ（笑）。断乎として、安西さんをモデルに財界小説を書かせよと強談判したんです（笑）。

秋元 評論と小説と、どちらが苦労ですか。

三鬼 小説のほうが、書いていてずっと楽しい。雑誌「財界」の原稿を書くよりも、十倍以上も愉快に書ける（笑）。

山崎 そんなことを、雑誌「財界」の主宰者として、おっしゃってよろしいのですか（笑）。

三鬼 いやあ、構いません。

伊藤 三鬼さん、小説を書く場合、一番困ったのは「会話」だといっておられましたネ。

三鬼 これが空っきしダメなんだ。うちの若い記者が、事件を書く過程で「会話」を出すことがあるが、「お前、その場所にいなくて、社長と会長のこんな会話がよくわかるな」と叱ることがよくあるんです。この体臭がどうしてもぬけない。だから、私が小説でつかった「会話」には、自分の想像は全然入れていないのです。例えば、男女の睦言《むつごと》の結果、こどもが生まれたということは書けるけれども、睦言が書けないのだなあ（笑）。安西正夫さんの場合も「会話」

の部分は奥さんのところへもっていって直してもらいましたよ。僕は女房とあまり会話をしないせいか、夫婦の会話など窺いしる由もない（笑）。

城山　それは作家として小説を書く場合、大事な問題だと思うのですよ。特に資料を踏まえて小説を書く場合には根拠のある会話以外は使えませんネ。僕はいま、広田弘毅にとっ組んでいるけど「会話」は見てきたような嘘はいえません。

秋元　良心的なんですネ。

城山　それは作品の質にもよりますが、人間像を明確に描き出そうとすればするほど、その人物が本当に言った言葉しか書けないのです。

伊藤　文章の見事さは、その人にしかない真実を、その人にしかない言葉であらわすところにある。と誰かの文章論で読んだことがあります。

城山　森鷗外の言葉にしたがえば、小説は「歴史離れ」か「歴史そのもの」かの二つにわかれます。井上靖さんも、それと同じことを随筆に書いておられます。小説を書きたいのは、普通の書きかたでは書けないから、自分のなかに燃えあがってくるものを、それへ織り込んで書くわけでしょう。当然、書き進んでいくうちに嘘みたいなことが出てくるわけです。ところが、それを全部、削ぎ落としてしまうと、歴史そのものになってしまうしネ。要するに「歴史離れ」と「歴史そのもの」との中間を揺れ動きながら、ある場合にはこっちに近いところで小説を書くし、ある場合には、あっちに近いところで書く。それが、ある意味で苦しみであり、楽しみであるわけです。

取材の裏側は?

伊藤　日本の作家は実業家にあまり接触していないのか、本当の経営者像を描いたのはあまりみかけない。井上靖さんの『あした来る人』の杉道助（元大阪商工会議所会頭）とか小島直記さんの『福沢山脈』、これと城山三郎さんの『役員室午後三時』をはじめとする一連の企業ものくらいしか、目にとまらない。それが、こともあろうに、女流作家で、最も難物といわれるバンカーととっ組んで『華麗なる一族』を仕上げたのには驚いたネ。

山崎　西欧では、バルザックの作品をみると、憎らしいくらい鮮やかに実業家の人間像が描かれています。それは、フランスには実業家とか、文学者とか、芸術家とかが、一緒に顔をあわせ、交流できるサロンが発展しているからです。しかし、日本には、そんなものがありません。

秋元　銀行頭取に全部逢いましたか。

山崎　バンカー独特のものいいかたがありますね。これを摑まないと、いくら想像の羽をのばそうにものばしようがないでしょ（笑）。一番、困ったのは大蔵大臣と都市銀行の頭取が料理屋であった時に、どういう会話をかわすのか、皆目わからない。

伊藤　そういう時はどうするのですか。

山崎　徹底的に取材する以外に手はないです。

秋元　自殺した長男の万俵鉄平の葬儀の場で、まんまと万俵大介の謀略にやられて阪神銀行に合併され、頭取の座まで奪われた大同銀行の三雲が万俵大介に一矢むくいるところがあるでしょう、孟子か何かを引用して……。

伊藤　ある、ある。「万俵さん、孟子の教えに『天下ヲ得ルニハ　一不義ヲ成サズ　一無辜《むこ》ヲ殺サズ』という言葉がありますねぇ」とピシリときめつけている。あれ、企業的野望のために長男を殺しても平気だった万俵大介にはこたえたでしょう。

秋元　国文学は山崎さんの専門で、事実、女流歌人を書いた『花紋』は、その教養が滲み出ているけど、漢学までレパートリーがあるとは思わなかった。

山崎　いや、あれは、ある漢学者に、一行の頭取と一行の頭取とが相対した時、一言でもって、相手の胸を抉《えぐ》るような文句を教えて下さいってお願いしたんです。そしたら、孔子や孟子のいった名言を五つほど教えて下さったんですが、帯に短かしたすきに長しで、どうにもおさまらない。しつこいと思われるかもしれないけど、も一度、さがして下さい、といって頼んだら、今度は、あのすばらしい言葉が出てきたのです。やはり、専門外のことは皆、教えて頂くということです。

伊藤　鉄平は祖父の子だと読者に思い込ませておいて、最後に血液型で、万俵大介の子だったと証明するドンデン返しネ。あの血液型も専門医か何かにきいたのですか。

秋元　あれは『白い巨塔』時代の遺産じゃないの？

山崎　そうじゃないのです。『白い巨塔』で癌の話をかいたら、読者のほうとしては、私を癌の権威と思い込まれて、実はこういう症状だけど、どうしたらいいんだろうか、と相談にこられるんです（笑）。ところが私は、小説の筋に沿ったところしか知らないんです。悪玉の財前五郎と善玉の里見助教授を動かす筋運びに関する点だけはくわしく取材したんです。当然、発癌の原因とか、癌そのものなんて、少しもわかりません。

伊藤　血液型でのドンデン返しは、わずかに五、六行だけど、その背後には、すごい取材量がかくされているわけですネ。

山崎　たった六行のために、何で、そんなにしつこくきくのかと叱られました（笑）。血液型というのは、ほんまにややこしいわ。そのなかから、小説の運びにピシャリと合うのを探し出すんですから、聞くほうも、聞かれるほうも辛い（笑）。

書きたい欲望か、倫理観か

伊藤　秋元さん、あなたもそんな苦労をしているんですか。

秋元　僕の書くものは、前にもいったように事実を小説の形で綴っているだけなんだということです。当然、フィクションよりも、事実はどうなんだ、という興味が読者のほうにあるわけなんです。そうすると、相当つっ込んだ事実までさらけ出さねばならなくなる。とはいうものの、さらけ出せない事情のところもある。それを会話のなかで匂わせるという手口です。

伊藤　易者をひっぱり出してきて、彼にいわせるのは、その手法ですな。
秋元　そうなんだ。
城山　秋元さんのを読んでいないから、よくわからないけれども、資料を踏まえて、小説を書いていると、その資料に非常に拘束される。その壁にぶつかると、どうしても架空の脇役を登場させたくなる。
　渋沢栄一をモデルにした『雄気堂々』もネ、書いているうちに息苦しくなってきちゃった。偉い人ばかりでなく、もっと生《なま》の人間がついていける、ぐうたら人間をつくって狂言まわしにつかおうということになる。僕は徹底的にくだらない小腰平助という男を生み出した。これは全く、小腰をかがめて、平の助でしょう（笑）。名前からして読者の連想をかりたてた。もっともくだらない卑屈な人間ですけど、僕は非常に、この小腰平助に打ち込んだ。
伊藤　あれを読むと実在の人物みたいな感じ（笑）。
城山　あの時代に小腰平助みたいな生き方があったと思うんです。そういう人間像をつくり出して行くところに、小説家の楽しみみたいなものがあるんじゃないですか。
秋元　僕なんかは『小説 自民党』にしても、何にしても、事柄の現場にいあわせることが多いのです。
三鬼　取材の面でネ。
秋元　そうすると、自分が小説のなかへ入りたくなる。それで、『小説 新日鉄』では松原記者を出した。

三鬼　僕の小説は、すべて実際に即して書いていく。一カ所くらいに架空の人物を出すようなことはするが、それ以前のフィクションはとてもダメだ。

山崎　三鬼さんや秋元さんにお伺いしたいと思いますのは、実在の人物で、生きていらっしゃるかたをお書きになるときにこれは書きたいと思っても、その人自身の将来の栄進が、筆先一本でふっとんでしまう場合がある。そんな場合、自分の書く欲望と、そういうことに対する倫理観を、どういうふうに処理していらっしゃるのか……。

三鬼　僕のはモデル問題が起こる可能性が最も強いですネ。『ある経営者の生涯』では、社長の安西正夫が死んだ時に株価が四十九円、これはまさに悲劇じゃないか、という一つの場面があって、そこへ大阪の怪物相場師、木村磊三がきて毒舌を吐くのです。

秋元　全部、現実にあった場面ですネ、どんな台詞をいうんですか。

三鬼　こう言っているんです。「私は思うんやけど、ソニーの社長や会長の葬儀やったら、何千、何万人集まってもかめへん。けど、額面すれすれ株の会長にあない大行列を作るのは、ほんまにけったいなことだよ。総理大臣御夫妻、これは御姻戚だから例外としても、政界、財界、金融界のお歴々が、ほとんど全部集まった、あの時に一発ドカンと赤軍派学生にでもやられたら、日本はどうなりまっか。額面スレスレ会長の葬儀場でとんでもないことになってしもうて、故人もうかばれへんやろ。お江戸の皆さんは寛大やな、と長々と待たされた行列のせいもあって、実は、わたし、腹がたってなりまへんわ」

伊藤　なるほど、関西的なものの見方がよく出ています。ところで山崎さんはどうなんですか。

山崎　私は現実の人物を三、四人合成して一人の人間像をつくるのです。だから、絶対にモデル問題は起きないのです。社会的なテーマをとりあげました時には、モデル問題が起きると、そのあと信用がなくなって、取材ができなくなりますから、次の小説が書けなくなります。

伊藤　一度、あの作家は信用できないとなると、相手がたはもう材料を出してくれませんからネ。

大ロマンを描きたい

山崎　私、『華麗なる一族』を書く時に、まっさきに参考書として拝読したのは城山さんの『小説 日本銀行』だったんです。

城山　それはどうも……

山崎　失礼ですが、大ロマンがありますネ。

伊藤　「他人への約束はなくても、自分自身への約束がある」とか、日銀を評して「馬力も気魄もなければ、王者の風格はあっても、それは眠れる獅子《しし》、いや、できそこないの石像にしか過ぎない。そうした石像からは、風格さえも消え去るであろう。／それに比べれば、暴れ回る虎（大蔵省のこと）には、野のにおい風のにおいがついて回る」と痛烈にやっつけながら、実に美しい文章で綴られています。

城山　山崎さんにお返しを致しますが（笑）……山崎さんの初期の作品をみると、商人感覚というか、どうやって食っていくか、ということを根底にとらえていらっしゃるでしょう。女流作家は割合、そういう人は少ないですね。

伊藤　かつて、コラムニストの高田保がそこのところをついてこういっています。あるバーへいって女に目をつける。三日目につれ出し、銀座でハンドバッグを買ってやり、熱海へいく。二泊して帰るというお定まりのコースだが、バーの三日間が少くみつもっても五万円、ハンドバッグが上ものなので五万円、熱海の温泉の支払いが……いろいろ書き出して計算したら、二十万円より上へいってしまった。肉体の文学、肉体の解放などと、作家はうたってくれるが、現実に二十万円の金をかけなければ、女は口説けぬのかと思うと、読者のほうは、肉体の解放どころのさわぎではない（笑）。

秋元　作家というのは、大体、情緒的で、計算には弱いから、なるべく、そういうことは眼をつぶる。

山崎　最近だされた『役員室午後三時』よりも『小説　日本銀行』のほうにロマンを感じます。あれ、経済小説として読んでいらっしゃるかたは読みかたが間違っていると思うんです。堅くてむつかしい金融の世界を踏まえて、これだけの大ロマンが書けるんだ、と大いに勇気づけられました。どうもありがとうございました。

城山　とんでもない。そんなこと言われると困っちゃうネ。要するに、人間を描きたいということなんですよ。その人間を書くためには、どうしてもまわり道をしなければならない。

山崎　それ、とても大事なことです。ところが、そのまわり道をとらえて、経済小説派とか、企業小説派とかのレッテルを貼られるのは、一番、こまりますネ。

伊藤　城山さん、『小説　日本銀行』の発想の動機みたいなものがありますか。

城山　僕はいつも問題意識をもって書くほうなんです。日銀はエリート中のエリートが集まっている社会です。そういう中にあって生き甲斐というか、使命観というか、そういうものを喪ってしまった時に、エリート中のエリートはどうなるかということ……サラリーマンの極北の世界を描いてみたかった。これは「組織と人間」をとらえる場合の典型的なテーマですから。それと、もう一つは経済的な問題で、日本ほど物価が無茶苦茶にあがる国はないのに、日本銀行は、一体、何をしているかという、ごく庶民的な感情がありますネ。その意味で、日本銀行で本業の日銀本来の使命、中央銀行としての使命を貫ぬこうとする男を設定した場合、どうなるかということですネ。そこにロマンを感じたのですが、そんな人は日銀にいない、と言ってやっつけられた。しかし、いたら何も書くことはない。いないからこそ書いたともいえるわけです。

伊藤　城山さん、秋元さんの『小説　新日鉄』など、ああいうものに食欲は感じませんか。

城山　何か問題を感じた時には、そういうものを書きたいけれども、僕自身が問題を感じない企業に対しては食欲を感じませんネ。むしろ、場面の面白さに創作意欲をそそられます。三島由紀夫の随筆集なんか読むと、あの人は非常に構築された、構成のしっかりした小説みたいだけれども、発想は全部そうですネ、一つの場面がうかんでくる、あるいはつかむと、それからパーッとふくらんでくるんです。

三鬼　たとえば、この間、亡くなった豊年製油の杉山金太郎なんか、書きたい場面が三、四カ所ぐらい出てくる。九十近い杉山が朝一番早く出社して、エレベーターをつかわず、階段をコトコトと歩いていく姿とか、伜が死んだ時に、嘆きかなしむだろうと思ったのが、案外、ケロッとしていたとか、書いてみたいネ。ところが、最もよく知っている藤田観光社長の小川栄一なんかは書きたいとは思わない。勇ましくて、いつまでも元気で頑張っているような男には、どうも創作意欲をそそられない。やはり、僕は悲劇主義か、ちょっと哀れな姿になっていないとネ。

城山　功成り名遂げたというのは小説にならない。やはり、その人が満ちたりて、何の余情もないというのは小説中の人物としてはダメです。

秋元　小説の主人公は現実の世界では悲劇の人間ということになりますネ。『華麗なる一族』で自殺に追い込まれた万俵鉄平みたいなものです。僕は小説の主人公には金輪際なりたくない(笑)。

全くやりきれない話

伊藤　人間で思い出すのは、野村證券の奥村綱雄さんが亡くなったとき、お通夜にいったでしょう。そしたら、三井銀行社長の小山五郎さんが、山崎さんをとらえて、『ぼんち』のお福が好きだ、といいましたネ。お福というのは酒好きな、仲居頭でしょう。それを小山五郎さんが読んで、ちゃんとイメージをもっているところに驚きました。

山崎　あれは小山さんの表現のほうが、私の小説よりもずっと立派だったんじゃないですか。お福の酒の飲みっぷりは、すっと虹がたつようだネ、とおっしゃった。私は「虹がたつ」とは書いていないわけです。小山さんのほうが、ずっと詩人だと思いました。小山さんのこの言葉は、私はよう忘れませんネ。

伊藤　お福というのは、山崎さんも好ましいタイプの女性ですか。

山崎　業の深い女の私が、すきですきでたまらぬ女性というとあのお福です。自分の頭のなかからつくり出した女性なんですが、傍にいるものが、お福を書く時は、なめるように、愛おしい目つきをするっていうんです（笑）。

伊藤　そうでしょうな。アレキサンドル・デュマを書いた伝記小説『パリの王様』に、たしか、こんな一節がありました。

ある時、アレキサンドル（小デュマ）は親爺の大デュマが目にいっぱい涙をうかべて机の前に坐っているのをみた。
「お父さん、どうしたんです、気分でも悪いんですか」ときくと「そうじゃない、そんなことじゃないんだ。おれは人を殺してしまったんだ」と大デュマはむせび泣きながら息子を抱きしめていった。「何ですって。誰を殺したんですか？」と怪訝《けげん》な顔をすると、「ポルトス（小説『三銃士』の一人）だよ、僕の偉大で高潔なポルトスだよ。僕が自分の手でつくり出して、一緒に六年間も仲よく暮してきた、あのすばらしい剣豪を殺してしまったのだ。読者を喜ばすためにどうしても、そうしなければならなくなったんだ。わが子を自分の手で殺すなんて、何という恥しらずだろう」

それから二日後に新聞を開くと、連載小説の載っている場所に、こんな断わり書きがのっていた。「アレキサンドル・デュマ氏は、昨日の紙上で詳述されたポルトスの死に烈しい衝撃を受け、一週間の喪に服するために故郷のヴィレル・コトレへ帰られました」

秋元　尾崎紅葉の『金色夜叉』でも、夏目漱石の『虞美人草』だって、それぞれの登場人物が、いまだに読者の心に刻印されていますネ。そういう人物は筆者が並々ならぬ愛情を注いでいるわけですな。

伊藤　山崎さんの書かれたものは全部、映画化されたり、TVで放映されたりするのですが、今度の『華麗なる一族』には、抵抗があって、それができないと聞いていましたけど……。

山崎　私、銀行って、そんなに力があるとは夢にも思わなかった（笑）。あるTVからきたんですけど、妻妾同衾と、自分の長男を殺してまでも企業的野望を遂げようとする父子相克のドラマ性が面白いから、そこだけお借りしたい、といってきたんです。ただし、銀行という舞台ははばかられるので、別の企業にしてもらえないか、と交渉にこられた。私は、そんなにまでして放映はしたくないのでご辞退しました。

秋元　あれは銀行だから、冷徹な万俵大介が生きてくるんでネ。他の企業だったら、ぶっこわしだ。

山崎　いや、そればかりではありません。登場人物の職業をかえさせてくれ、というんです。そんなことがどうしてできるのか、わかりません。全くやりきれない気持でした。

秋元　銀行の風圧でしょうネ。

山崎　それと同時に小説をＴＶで扱っていらっしゃるプロデューサーがいながら、小説というもののつくりかたが、わかっていらっしゃらない、ということですネ。背筋がぞくっとしましたよ。

秋元　乱暴だネ。それは。

山崎　あの万俵大介は銀行頭取以外の職業は考えられませんもの。

秋元　人物の国籍を変えてくれというようなものだ。

山崎　そうです。しゃべっていることが全部違ってきますから……。

伊藤　書いている最中に圧力はありましたか。

山崎　取材は困難をきわめました。城山さんに伺いたいのですけど、企業とか、経済を踏まえた小説は取材にもの凄く時間がかかるんです。しかも、取材しながら、何の手がかりもつかめない時の焦燥感はやりきれないですネ。こうして、一日働いて、何も得るものなく、とぼとぼと帰る時、小説仲間たちは、今日はもう何行かの文章を書いているのかと思ったら、ほんまに電車のなかでも走り出したいような気持になるんです。小説家は、こんなに執筆以前に労力をかけてもいいものだろうか、という気持が起ってくるんです。

城山　そりゃ、私だって同じです。お芝居にネ、仕込みにかけろ、って法則があります。たとえば、俳優から大道具、小道具、宣伝費まで五百万円かけて四百万円の収入しかなかったとします、これでは百万円の損となりますが、仮に八百万円かけると、今度は一千万円の収入があげられて二百万円の利益となる。小説も仕込みにたっぷりかけないと空疎なものになってしまいます。

秋元　取材が克明で、調査が丹念であればある程、描写に精彩があるわけです。それにこういうことも言えるんじゃないですか、山崎さんが、あれだけ時間をたっぷりかけて練りあげたからこそ、小説が完成した時には、すぐ、その小説と同じような銀行合併が生まれたりする。小説が事実になるのか、事実が小説になるのか、ゴールインが同じになっちまったネ。

伊藤　太陽銀行、神戸銀行の合併なんか暗示的ですネ。別にあれをテーマにしたわけではないだろうけど……。

三鬼　太陽神戸銀行が『華麗なる一族』のスポンサーになって、放映したら、いいと思うがね（笑）。

秋元　『華麗なる一族』をよんで感じたことは、もの凄い勉強の量であるということと、大長編のもつ持続的エネルギーに圧倒されたな。もう、いわゆる文士という……朝遅く起きて、着流しで、ぶらりと歩いて、好きなだけ書いて、ということは許されませんネ。

山崎　あの小説を書いて、一番得たことは、一流企業の人材の豊富さを知ったことです。きら星の如くという形容が決して誇張ではありません。一流企業に人材が偏在していることは、社会的にみたら罪悪だと思いますよ。私、自分自身をあまり怠け者とは思いませんが、それでも一流企業のエリート社員たちに逢いますと、よほど勉強しなければならないとふるいたちました。

伊藤　偉大なる国家とは偉大なる人物を産する国のことであると言われますが、同じように偉大なる企業というものは偉大なる人物を多勢もっている会社のことである（笑）。

山崎　資本金がいくらで売上げがどれくらいで、利益率が何ぼというのは、私、一向に驚きませんがね、人材偏在の言葉を使ってもいいほど、凄いですネ。日本に原子爆弾による核爆発はないけれども、人材の偏在による核爆発が起こるんじゃないかと思いました。やはり〝企業は人なり〟なんですねぇ。

会わないから書ける

三鬼　神戸銀行頭取の石野信一さんには逢っていないの。

山崎　逢っていません。

三鬼　ほほう。われわれの世界では考えられない。

山崎　井上靖さんの全集の月報で、井上さんのことを足で書く作家と評した批評家がいるけれども、実はそうではなくて、井上さんは頭のなかで、ものをつくり上げてしまって、確認にいっておられるんです。だから、足で書くなどといわれたら、腹のなかで、苦笑いしておられることだろうと書いたんです。

城山　そこは小説の難かしいところですネ。井上さんなんかは、自分は敦煌《とんこう》へ行かなかったからこそ『敦煌』が書けたのだと言っておられます。

伊藤　山崎さんが作品の中心人物である頭取の実在の人には逢わなかったと言っておられましたが、それと同じことですネ。

城山　その人に会ったら書けなくなる。それは自分がつくった人間だから、そこへ実在の人間が入ってくると、せっかく創造したイメージがこわされてしまう。たとえば僕の場合、『役員室午後三時』でも、モデルにした人には会っていません。

伊藤　〽逢わぬは逢うにいやまさる……ですか（笑）。三鬼さん最後をしめくくって下さい。

三鬼　ともかく、僕は小説を書きたい。最後は自分をこの世に送り出してくれた親爺を故郷の「尾鷲節《おわせぶし》」という題でやりたい。明治元年に生まれて七十で死んだ。金はいらない、俺は金に潔癖だ、潔癖だといいながら三十円の金をつかんで死んだ親爺ネ。その親爺のいやらしさを書き、書くことによって、その子が俺なんだから、今までのマイナスをみんなご破算にしようという下心もあってネ（笑）。

伊藤　老獪そのものだな（笑）。

（「財界」一九七三年五月十五日、六月一日）

城山三郎（しろやま　さぶろう）

一九二七年生まれ。作家。

名古屋市出身。一九四五年、愛知県立工業専門学校に入学。続いて、大日本帝国海軍に志願入隊。特攻隊である伏龍部隊に配属になるが、訓練中に終戦を迎える。一九五二年、一橋大学を卒業。愛知学芸大学で、経済原論などの専任講師を務めるかたわら、「近代批評」の同人に加わる。一九五九年、『総会屋錦城』で第四十回直木賞受賞。一九六三年、日本作家代表団参加による訪中を機に大学を退職し、以後、作家業に専念する。

実在の人物に題材をとった小説を多く著し、経済小説の開拓者として、また伝記小説の作者として高く評価された。主著に、『落日燃ゆ』『もう、きみには頼まない――石坂泰三の世界』など。二〇〇七年死去。

秋元秀雄【47頁参照】

三鬼陽之助（みき　ようのすけ）
一九〇七年生まれ。経済評論家。
三重県尾鷲市出身。法政大学法学部卒業後、ダイヤモンド社で経済記者となる。その後、東洋経済新報社、「投資経済」編集長などを経て、一九五三年に財界研究所を設立。雑誌「財界」を創刊。
「財界のご意見番」として知られた。主著として『東芝の悲劇』『日産の挑戦』など。二〇〇二年死去。

伊藤肇（いとう　はじめ）
一九二六年生まれ。評論家。
名古屋市出身。旧満州国立建国大学から、中部経済新聞記者を経て財界研究所に入社。副主幹兼雑誌「財界」編集長を務め、一九七三年退社。その後、評論家として活躍した。
中国古典に造詣が深く、ビジネスマンから幅広い支持を集めた。一九八〇年死去。

死に物狂いで書く

長谷川一夫（俳優）×山崎豊子

浪花っ子の鏡

長谷川　「サンデー毎日」は〝あなたの庭〟みたいなもんで。よく連載していて。

山崎　いいえ、――うまいですネ（笑）。

長谷川　いや、わたし二十何人からお話いろいろ聞かしてもろうて、ちょっと記者タイプになってますのや（笑）。

山崎　今度、大阪市長の表彰をお受けなさったそうで、おめでとうございます。大阪の一市民として何よりもうれしいことで。

長谷川　新歌舞伎座ができてから二十年間、勤続できましたから、そいで、大阪文化の発展のために努力したことを感謝するとか、ほめてくれて。関西人やから「よう果たしてくれた」と書いてくれたほうが、ええのになと言うてたんですけれど（笑）。

山崎　あたし、向こう（ハワイ）で上方文化の講義してます。それで上方の中の船場の特殊な言語、風習、風俗を――。

長谷川　それは素晴らしい。この方ほど大阪っ子、というより浪花っ子って言いたいんですけど、いない。わたしも一年に一ぺんは浪花のもんするんですが、浪花の和事、師匠から習ったものを永久にやっていこうと思ってますから、浪花もんはおれに任しとけって、いつも言うんです。

山崎　で、上方文化を講義させてほしい言うたら、向こうで京阪地区文化と訳してきたんで、そら違うと。上方は「カミガタ」と言って下さいといって、大阪のほんとに特異な言語、風俗、風習を取り上げて、船場を言語学的に説明なんかしたんですが、いくら日本語のできるハワイ州立大学の学生でも退屈しますから『ぼんち』をテキストにしたら、これが受けましてね。この『ぼんち』を日本の俳優の中では長谷川一夫、市川雷蔵、中村扇雀、津川雅彦らがやったと言ったらびっくりして、長谷川一夫のとこで手たたくんです。長谷川さんの人気いうの、ほんとに永遠だな思いましたよ。あたしがお部屋に伺ったのは東京宝塚劇場ですね。

長谷川　お豊さんと一緒に頭取の部屋の前で写真撮りましたが、あれはもう十年ぐらい前になりますか、六十歳になりつつある時分で。

山崎　いやァあの時、六十歳と思いませんでした。それで、あの時におっしゃったこと、よう忘れません。「ぼくネ、ぼんちやれる間は幾つになってもやる」って。

長谷川　ほんとは『暖簾』をやりたかったのを、繁さん（森繁久彌）にとられてしもうたんですよ。で、しようがないから、しようがないと言っちゃ悪いけど、花登筐さんに『暖簾』を引っかけて『船場百年』を書いてもらってやったんです。ぼくらが育った時代の島之内の言葉、船場の言葉の使い分けを文章にするのは、お豊さん一人しかありませんでした。今はいろいろ書きはりますけど。船場の言葉では何となしに「ごわす」てなこと言いますね。

山崎　「ごわす」というのは字で書いたら「大阪にも西郷はん、いたはるのでっか」になります。音《おん》のニュアンスですよね。

長谷川　言う人のニュアンスですね。

山崎　ですから、あたしは船場言葉のうちで書き方を少し変えてるんです。書き言葉に「ごわす」とか言うたら、ほんとにごついんです、特に女の方は。ハワイ大学でも言葉に大変興味を持って、お尻を「おいど」と言いましたら、エレベーターで接触したとたん「おいどタッチ」言うんです。

長谷川　なるほど。

山崎　『ぼんち』がなぜ面白いかといったら、アメリカの上院議員なんかあんなこと（女性を囲う）があれば、一ぺんに政治的生命がすっ飛ぶ。それが社会的に公認され、認知されている。ほんとに異様な世界だと言うんです。二号さんの本宅伺いのセレモニーなんか、とっても面白いって。ともかく上方文化の研究が盛んで、それをつかまえるのにやっぱり小説、舞台劇ですね。それで『ぼんち』をテキストにしゃべったわけです。船場言葉をどうやったら一番わかってもらえるやろと思いましてね。「Look at　標準語―見なさい、大阪弁―見なはれ、船場言葉―見ておみやす」と四本にしました。その分類の仕方がとっても面白くてわかりやすいって。この前のお正月には長谷川さんがハワイにきて下さったらと思ってたんですが。前はよくお見えになったそうですね。

長谷川　養女にもらってるのがあっちへ嫁にいってるもんで、よく行くんです。

山崎　『ぼんち』の英訳、第一章までしてるんですが、傑作なのはあの小説の書き出し、月の朔日《ついたち》、十五日になると、着物の上から下まで、すっぽり着替えて、蟬羽《せみのは》のような絹の長襦袢を肩にかけるという文章、あれは非常に考えた書き出しなんです。ところが、訳す時に何でここがいいのかと、不思議がる。アメリカ人は毎日上から下まで着替える、日本人は月二回しか着替えないのかという質問なんです。もう一つ困ったのはお家《え》はんと御寮人《ごりょうん》はんが糠袋で顔を磨く。そしたら笑うんですよ。お米のカスでやるのが何でなまめいた仕草だと、我々で言えばコーンのカスでこすったと同じだ（笑）。それで、そいじゃ「モミの匂袋で顔を洗う」というふうにわざと意訳しなさいと。逐語訳やると絶対ダメ。あたしがハワイ大学に客員教授として赴任してる間に『ぼんち』の翻訳が決まって、ほんとにありがたいと思う。原作者と訳者とが海を隔ててれば絶対できません。例えば屋形船でも「屋根つきボート」と訳すべきか、「屋形ボート」か。どちらもやめなさい、「上方」と一緒に「屋形船」で通しなさいと言うたんです。

商人が架けた淀屋橋

長谷川　ウグイスのフンで顔を洗うっていうのは『春琴抄』でしたか。

山崎　そうです。

長谷川　（切られ与三郎の）お富が糠袋をもみ出して、口にくわえて出てきたら、あれ何だろ、口から血が出てるのか、いうやろネ（笑）。

山崎　舌かんでるんやないか言うの違いますか。ぼんちの嫁さんが妊娠したかどうか確かめるためにお家はんと御寮人はんがお便所見に行きますでしょ。船場の残酷さ、陰気さが象徴的に出てるとこ、それ見ぃいく時に白足袋が廊下をすべっていくという描写がどうしてもわからない。長谷川さんのスチールか何か見ないと、どうしてもイメージが浮かばない。船場の何百年の歴史を秘めた廊下、そこを白足袋はいた女がもつれるようにいくというところが、とても幻想的でいいんだけど、どうしてもイメージがわからないんです。

長谷川　そりゃわかりませんワな、生活も違うのやから。お仕事なすっても、ぼくらが初めてハワイへいった時分とは随分違いますでしょ？

山崎　しやすいと同時にしにくいですね。よく向こうが勉強しましたから。例えば上方文化は大阪商人の経済力をヌキにして考えられない。昔は芝居見るにも屋形船で芝居茶屋から入って。

長谷川　茶屋の後ろが石垣になってて、通い船から上がってお料理こさえてもろうて、おふろに入ったり、幕間《まくあい》にそこでお料理たべたり、本家茶屋とか前茶屋に帰って着物着替えて「あ、これから座頭が出はんねん」ちゅうてしたもんですからね。

山崎　あたしが女学校ぐらいまでありました。ですから、そんなのやっぱり経済力なかったらできませんから、上方文化というのは大阪商人の経済力によって支えられ、つちかわれた。それヌキにして考えられない言いましたらね、そっからが怖い。で、その経済力はどうしてできたのかいうので、大名貸しだ言うたんです。徳川幕府三百年に大名貸ししたから言うたら、それ説明してくれと言う。それだけみなよく勉強してます。ハワイ大学は結局、アメリカにおける日本文学の門戸であり、メッカになると思うんです。非常に水準が高いです。

長谷川　それと、堂島の米相場ができたことネ。

山崎　そうですね。

長谷川　個人で淀屋橋なんかをこさえている商人の根性。

山崎　淀屋辰五郎は自分の娘がお針習いにいくのに回ってたら遠いからというので橋をかけた。それが淀屋橋というのは、びっくりしました、自分の娘がレッスンにいくだけでブリッジをつくるのかって。そういう大阪商人の大きな財力がどうして蓄えられたンか。うっかりベラベラと大名貸しの話したんです。

国会議事録で大発見

長谷川　『不毛地帯』を書かれたときは、ロッキード事件は予想してはったんですか。

山崎　いいえ、あれは予見とか、カンとかじゃなくて、国会の決算委員会議事録を繰り返し読んでますとね、時の幹事長がゼンソクの治療にたびたびハワイへ行ってると答弁してる。ヒントはそこなんで、おかしいと思って、お医者さんに電話かけて「ハワイはゼンソクの治療に効きますか」と言うたら「待ってヨ、ハワイがゼンソクの治療に効くというのは聞いたことがない。そんなのあったら学会の報告ものだ」と答えられた。四十九年の六月に『不毛地帯』の取材でニューヨークからロスへ飛び、例のロッキード社へ寄ったんです。そしたら、えらい大歓迎、日本はお得意さんですもんネ。非常に歓待され、みな見せてくれたんです。その後ロスからあの小説の壹岐正がパール・ハーバーを見て第二の人生を考えるところを書くためにハワイへ立ち寄ったんですよ。それで、ゼンソクのことを言うたら笑われましてネ。ハワイは一番ゼンソクにかかりやすい所だと。ほとんど年中、百花繚乱《りょうらん》、咲き乱れてますから花粉が舞ってて非常に悪い。余計にヘンだと思うわけですよ。ハワイに行くようにみせかけてロスで密談している。こんな政治的な腐敗はいつまでも許されない。いつか大きな火を噴くだろうと思って書いたんです。ですから糸口はゼンソク、まさにゼンソクのひとことですよ。野党の追及の仕方は甘いんですよね。「そこからロスへいったんでしょう？」「いいえ、私はハワイにおりました。

なぜならば私はゼンソクが悪いし、ゼンソクの治療にハワイがいいから」。みな黙ってンですね。野党の人がゼンソクうんぬんで調べればいいわけですよ。

ハワイの人もロッキード、グラマン事件に興味を持っておられる。『不毛地帯』と重ね合わせて読んでらして、ハワイのラジオ放送の方がお正月にワイキキへいかれたら、何万人か泳ぎにくる浜で一人じっと本を読んでる男の人がいる。近寄っていったら、太陽が燦々《さんさん》と照って、みな裸なのに『不毛地帯』のシベリア篇を読んでるんですって、あの凄惨《せいさん》なところを。アメリカ人の興味の持ち方で面白いのは、日本人って非常に変わってる、どうしてかといったら、せっかちに真珠湾攻撃みたいなことをワッとするかと思ったら、十一年もシベリアに黙って抑留されて、じっと我慢している。だいたい、なぜ日本人は正史を書かないのか。アメリカは何年かたつと資料公開しますね。ところが、ソ連は資料公開しませんでしょ。ですから、歴史家が正史として書くとソ連からやられるわけですよ。証拠があるか、と。その時代の立証ってできませんから歴史家は正史として書かない。これはやっぱり小説家が書くもんだと思って書いたんですね。

事実を積み重ねて真実を生む

長谷川　今のお話いろいろ総合すると、作家というのはカンと眼力がなかったらあきまへんね。舞台だったらあそこはダレるからあそこのページ飛ばしてつなぎにシーン入れて華やかにしといて、今度「あの妓《こ》を水揚げするわ」ってワッと笑わせるようなことしたり、『ぼんち』なんかも脚色の仕方でどうにでも変わっていくけど、原作こさえる時にはテストはないもんネ。

山崎 『不毛地帯』なんかの時にはカンと眼力よりも、やっぱり調べて、事実を積み上げて積み上げて、その事実を真実にするところに小説の作業がありますねん。ですから、ロッキード、グラマンのこと調べた、取材したと言われると、いささか抵抗感じましてね、事実の積み重なりの中から真実を生み出すのが作家の作業であり、小説なんだと言ってるんですけど、新聞社の方がすぐ「先見性、予見性がある」って言うんですね、とってもいやなんです。だから一つの問題意識を持って毎日毎日積み重ねていった、そこから発見があるんだ、事実が生まれるんだというふうに言うわけなんですね。それで、なるほどと言って感心されながら、二次防のゼンソクの話をしますと、それは何年何月何日ですかときかれる。それぐらいはご自分で調べられたらいかがですかと言ってんです（笑）。

長谷川 わたしなんか役者をまっ殺されようとしたのを、よう役者として現在残ってると思うのよネ。

山崎 でも、あたし、長谷川さんがその時自分の命をかけて役者としての行く道を選ばれたのは立派だと思った。作家だって、いい作品はどうして書けるのかと聞かれたら、一つ答える。死に物狂いで書いたからいい作品が生まれる。だから長谷川さんが俳優としての新しい道を選ばれて、ほんとに命をかけて選ばれたの、あたし子供心でも偉い人やあと思いました。大阪じゃ大変な事件でしたからね、ご立派です。

「生意気だからできたんです」

長谷川　そのために今の俳優さん、各社へ出られるようになったっていうことですからね。それまでは独占事業で、自分のうちで仕込んだ子は、よそへ出さなかったですから。
山崎　やっぱり林長二郎から長谷川一夫への道は革命だったと思う、あたしは。
長谷川　ですね。自分では「生意気だからできたんです」と平気で言えますけど。
山崎　やっぱり浪花っ子同士の根性ですよ。
長谷川　ありがとうございます。
山崎　ほんとに命かけてもやる時はやる、やろうと思ったら最後までやる。長谷川さん自身、非常にたおやかにおっしゃいましたけど、ほんとにあれは命をかけたもんだと思います。やっぱり人間は命かけた時が一番強くて美しいですね。長谷川さんもあたしの小説の中の大阪ものを愛読していなはったんですね。
長谷川　ですね。
山崎　きょうも実はテレビの方に聞かれたんですけど、『暖簾』『花のれん』『ぼんち』『女系家族』と書いてきた山崎さんが急に『白い巨塔』から変わったのは、どういうことかと。
長谷川　わたしもふしぎでネ。わたしは女形も立役もやさ男もする。ただ、おじいさんとおばあさんはあんまり上手じゃないと思う。やらされたことがないンだから。敵役はうまいですヨ、二枚目でいじめられてやってるから。こうやってくれたらやりよいなと思うことを、今度自分でやるほうに回ってやるから、相手の人は楽ですよ。ま、それぐらいの飛躍しかないのに、あなたは今の話。ゼンソクで納得したけれども。

山崎　ちょっと違う。結局『暖簾』から『花のれん』『ぼんち』『女系家族』、それから『白い巨塔』『華麗なる一族』『不毛地帯』といったのは、あたしの場合、『暖簾』書いてもその裏には経済史、『花のれん』には大阪の芸能史が書いてある。

長谷川　どんでん返しが違いますよね。

山崎　『ぼんち』には船場という言語、風習、風俗の特異な世界、つまり、人類社会学的な意味、要素もある。――だから小説的につくり上げただけでなくて、必ず何か一つの背骨をつくってきました。あたしがある大学病院へ入院した時の主治医は教授よりも優れているのに、万年助教授で教授になれない。何か陰湿なイヤなものがあるという自分の身近な体験から医学界へ入って『白い巨塔』を書いたわけですよ。自分の身辺にある矛盾、問題、そこから入っていってるから小説として成功した。『不毛地帯』は日本の精神的不毛、ちょうど高度成長期にモノ、モノ、カネ、カネで、経済的繁栄はしてるけれども、精神的飢餓状態だという意味で書いたわけです。

みんな自分の身近な矛盾、日常的な問題から発展しているわけで、それを大げさに大上段に振りかぶって、何か正義感とか社会派とか言われたら、ちょっと当惑するんです。そんなに大上段にモノ考えてません。

おっさんの役でよかったら

長谷川　今度のドラマ『不毛地帯』（毎日放送制作）は七カ月間ですから民放としては大変な超大作ですね。あれを脚色するのやと、やっぱり大阪の商人、丼池《どぶいけ》の連中で「おれはこんだけのことやってるのに、あいつら何さらしてけっかるネン」というような庶民のナレーターがあったら、ちょっと形式変わるわネ。大阪弁で言えるのは東京におらんから、おっさんの役でよかったら（自分が）そういうナレーターみたいなので……。

山崎　ありがとうございます。すごいわネ。大スター長谷川一夫のナレーター。

長谷川　いえ、大スターでなくてネ、「おれが国会のだれとやったら、こう言うたるのに」「あんた、そう興奮したかて議員やあらへんで」「そうかておれのほうの税金使うてやってンやないか」と溜飲が下がるようなネ。みな一生懸命見てる時にパッとそういうシーンが入る。山崎さんから言われれば出てもええなと今思ってンですよ。そういう庶民の代表でネ。

ぼくら舞台をやって、前ざらいだの、テレビの対談などで本読む間がないんですよね。せがれが本が好きやから「今、何がいいんや」「これがよろし、お父さん読んどいて下さい」と持ってくる状態で、『不毛地帯』が何冊かわたしの寝台の前に置いてあるんですよ。こないだやっと『徳川家康』全部読めた。その間、本（脚本）の相談、脚色、「春夏秋冬」の踊りを考えななならん。プロデューサー、座頭《ざがしら》、振付師、いろいろなことやらんなりませんから。

山崎　先生、あたしが何とか今日までこれたのは、やっぱり一年に一作で貫いてましたから。一年一作の寡作を貫くということは書くことより断るほうがつろうて、むずかしい時もありました。皆さん、いいものを書かしてやろうという好意でこられるんですから、それを断るということはほんと書くよりもむずかしい。一年に一作のやり方が通るまで地獄でした。新人ですと生意気でしょ、やっぱりそんな自分が書きたい時に書くなんて虫がよすぎる。あなたも書きたい時に書く代わりに、こちらの書いてほしい時にはそれを容れるべきだと、何かそういうふうにある程度調和しないと危なくなるんじゃないかしらんて……。

長谷川　でも、それを言い出しはるまではなかなか実行はできなかったでしょ？　わたしが舞台を半年、映画が二本もしくはテレビが四本、五本、六本、十三本やってくれ、それを舞台四カ月、ほかは全部断り言えるようになるのに四年ちょっとかかりました。去年から実行できたんです。

山崎　あたしは文壇へデビューしてから今日まで一年一作を貫き通しました。だから生意気だと。でも、それもよく考えりゃ不器用の強みだったんじゃないかと思うんです。書かないのでなくて、書けない、このぐらい強いもんない。

長谷川　そりゃお一人だからがんばれるし意思どおりのことできますけど、スターが七十人、照明さん、衣装屋さんまで入れると百人以上、公演が一カ月なくなる、二カ月なくなる、半分になるのはその人たちの生活を脅かすわけですから大変です。

山崎　その点、作家っていうのは気楽ですね。

長谷川　気楽じゃないけど、それ貫きはったのは、やっぱり普通の女じゃないっていうことですよ。

（「サンデー毎日」一九七九年四月十五日）

長谷川一夫（はせがわ　かずお）
一九〇八年生まれ。俳優。
京都市出身。芝居小屋の子に生まれ、幼少時より子役として舞台に立つ。一九二七年、松竹入社。抜群の美貌と『雪之丞変化』の演技などから、たちまち、日本を代表するスターとなる。当時の芸名は林長二郎。一九三七年に顔を切られる事件が起き、再起不能と思われた。しかしその後、芸名を本名の「長谷川一夫」に戻し、時代劇にとどまらず、『支那の夜』など現代劇にも主演しヒットを続ける。戦後も『地獄門』でカンヌ国際映画祭グランプリを受けるなど、一九六三年に映画界を引退するまでトップスターであり続けた。
一九八四年死去。その後、国民栄誉賞を受賞した。

日系米人の「戦争と平和」

ドウス昌代（作家）×山崎豊子

「二つの祖国」という意味

ドウス　前に日本に来ていたときにテレビで『白い巨塔』をやっていました。主役の田宮二郎が素晴しかった。

山崎　あの独特なキャラクターをもった俳優は二度と出ないでしょうね。彼が生きていれば今度の大河ドラマ（『二つの祖国』を改題して『山河燃ゆ』）にも是非、出演してもらいたかったですね。もっとも、『山河燃ゆ』というタイトルはあまり好きではありませんね。

ドウス　『山河燃ゆ』というのはわかりにくいかもしれませんね。

山崎　小説が完結し、『二つの祖国』について、アメリカへ講演に行ったとき、日系人の方がローマ字でSANGA MOYUと書いたニュースペーパーを持って「これはどういう意味ですか」とききにこられました。実はＮＨＫから、祖国という言葉は暗くて硬いから、なじみやすい『山河燃ゆ』という題にしてほしいと申し入れられたのです。私の場合はいつもテーマ即題名ですから、ずいぶん考え込み、小説的生命を重んじてテレビ化をご辞退すべきか、今まで知られざる歴史的事実を一人でも多くの人に知ってもらうべきか、さんざん迷ったあげく、小説的生命のみに固執せず、社会的使命のために譲ったのです。

それと、タイトルについてもう一つ申し上げたいのは、ＪＡＣＬ（日系アメリカ市民連盟）の会長のフロイド・シモムラさんが日本にいらして、プレスクラブでスピーチされた折り、「われわれは『二つの祖国』といういわれ方に迷惑している。日系アメリカ人にはアメリカ合衆国という一つの祖国しかない。日本に対する忠誠心や義理はない」とおっしゃったというのね。この方は三世だそうですが、戦争中の二世にとってはやはり「二つの祖国」だったそうですよ。強制収容所、戦場、日本占領などの場で二世たちは苦悩した。その犠牲の上に三世は育ったということを忘れてほしくないですね。

ドウス　六〇年代のシビル・ライト（公民権）運動でアフリカ系がブラック、メキシコ系がチカノ、オリエンタルといわれた東洋系統がアジアンと自ら名乗った。この時期の世代が三世です。だから表現法はおのずから二世たちとは異なりますが、三世が二世とちがって苦労をしていないというわけではないと思います。二世たちが強制収容所から出てきて、再びゼロから始めなければならなかった時代に三世たちは生まれ育ったのですから、彼らなりの苦労はしています。

「二つの祖国」というのは英語に訳すと、Two Homelandsです。JACLの人たちがそこにこだわるのは当然ではないでしょうか。JACLの中心にいるのはいまでも二世です。強制収容という人権を否定した屈辱に耐えても、アメリカ人であるために命がけで努力した彼らが、「二つの祖国」という表現にこだわるのは理解できます。彼らにとってはどちらの国という選択の問題ではなく、アメリカ人として生きのびる以外になかった。つまり、日系人が戦場へ出たのはあくまでもアメリカという一つの国のためであり、そこを明白にという気持があるんだと思います。

山崎　私の「二つの祖国」という意味は、自分の先祖が出た父祖の国、日本と、自分が生まれ育った母なる国、アメリカという意味で使っているんです。たまたま、JACLの会長がいらしたとき、私は中国へ行っていて、帰国してからそのことを在日二世の方から聞いたのですが、直接、ミスター・シモムラと話し合いたかったですね。

ドウス　一九四二年に日系人が収容所に送りこまれてすぐの調査を見ますと、戦時中の日系二世の四分の三は日本の土を踏んだことがない人々です。残りの四分の一の中でも、大多数は数週間から半年ほど日本を訪れたという程度です。日本で三年以上、実質的な教育を受けてからアメリカに帰ったいわゆる「帰米」はごくわずかしかいない。さらに、人生の多感な時期に日本の軍国主義教育をまともに受け、日本の中学まで卒業した「帰米」となると、もっと少ない。

私もそういう「帰米」に何人もあっていますが、彼らの中にもアメリカ人として志願してアメリカのために銃を取った人がいる。ですから、日系二世の圧倒的多数にとって祖国は一つであるということをＪＡＣＬとしてははっきりさせておきたい。そこを日本の人に誤解してもらいたくないということなんでしょう。日本的な感傷を押しつけられては、日系人が血と汗で築きあげてきたアメリカ人としての立場がおびやかされるとＪＡＣＬは懸念してるのです。日本は、親が生まれた、自分たちにとって大切な国だとしてもです。

日系兵の血の証し

山崎　私は「一つの祖国」に至る厳粛な事実、一里塚として「二つの祖国」があったということを理解してほしいんです。「一つの祖国だ」という三世の人たちもそこをわかってほしい。

そもそも私が『二つの祖国』を書こうと思ったのは、一九七八年にハワイ州立大学に招かれたころ、ハワイ大学やカリフォルニア大学の三世の学生が「私たちは血と汗と涙で日系人社会を築き上げた一世のおじいちゃんたちは尊敬する。しかし、強制収容所に羊のごとくおとなしく連れていかれたパパたちは情ないじゃないか」というのを聞いたのも動機の一つなんです。銃をつきつけられながらキャンプへ収容されたあのころの二世が置かれていた厳しい状況、生と死が背中あわせだった状況を考えないで、なんということをいうのかと思いました。こういう三世たちへの歴史的事実の伝達、語りかけの重要性をつくづく認識したんです。

次に「語学兵」の問題ですね。ヨーロッパ戦線で活躍した四四二部隊のことはこれまでもいろいろ書かれ、映画にもなっている。ところが太平洋の戦場における日系語学兵のことは、ほとんど紹介されていない。その機関がATIS（連合国翻訳通訳部）で、マッカーサーの耳とまでいわれた対日本軍の情報収集機関であったわけですが、これは原爆と並ぶ米軍の秘密兵器で、事実、語学兵の働きによって太平洋戦争は二年早く終結し、百万人の米兵の命が救われたと評価されています。ところが、トルーマンとマッカーサーの間でしかるべき時期まで公表しないという密約があったそうです。しかし、二人が死亡してしまったために、関係文書は長い間、埃をかぶったままになり、一九七〇年代前半まで解禁されませんでした。情報の秘匿という観念は、アメリカでは大切にされていますから、語学兵自身も政府の命令通り黙し続けていたのですね。私はこの語学兵の存在を描くことによって、二つの祖国の間《はざま》で苦悩する人間、人間の魂の拠りどころを描きたかったわけです。

ドウス　私はアメリカに住んでいるものですから、外から見た日本が気になる。必要以上に「日の丸」を背負っているように見えるところがある。国際的孤立につながっていくのではないかと不安です。私の立場上、常に国際社会における日本人というものに関心があるわけで、日系史にしても、単一民族国家といわれる国から来た日本人やその子供たちが、アメリカに移住して、いかにして多民族国家アメリカに同化していったかという点で興味があるのです。私はサンフランシスコに住んでますが、あの町にはロシア人街、イタリア人街、メキシコ人街、チャイナタウン、日本人街といろいろな人種の街がある。アメリカが多民族国家であることを否応なく意識させられる日常です。その中で日本人を含む東洋人というのは少数派です。一九八〇年の人口調査ですが、アメリカ全体でみると、英国系が二六・三％、ドイツ系二六・一％、アイルランド系二一％、アフリカ系（黒人）が二〇％、フランス、イタリアが一二％ずつ、ところが中国、朝鮮、フィリピン、日本などオリエンタル全部をあわせても一％ちょっとしかない。そういう状況の中で日系人がどうサバイバルしてきたか、サバイバルしていくのか、というのが現在の日本人の国際社会におけるあり方を考える上で、日系人史に関心があります。

フランスで取材したとき、フランス人たちが日系兵の印象を「折り目正しかった」「老人に親切だった」と口々に語るのを聞き、日本人の親に育てられた日系人というものを感じました。二世の人たちというのはアメリカ人でありながら、日本人の価値観というのも十二分にひきついでいますから、彼らがアメリカ社会に同化しサバイバルしていく過程に注目せざるをえない。それにもう一ついえば、私は終戦のときに小学校二年生です。アメリカ流の民主主義教育をまともに受けて育った世代です。そのアメリカ民主主義のあり方を移民史、特に戦争中の日系社会を調べることで見つめ直してみたいという気持もあります。日米の間で、自分の立場からの色々な関心に従って『ブリエアの解放者たち』を書きました。それは、つまるところは戦争と人間の話です。忠誠とか祖国という問題を問う前に、戦争とは何かということです。戦場というものをまず自分自身に問いかけずにはいられなかった。書いているうちに、墓碑銘を刻むような、レクイエムを歌うような感じになってました。

山崎　私の場合は『二つの祖国』は私の〝戦争と平和〟なんです。戦争中の私は大学生ですけど、勉強したのはわずかに一年間ちょっと。あとは軍需工場で弾磨きをしていました。青春はありませんでした。女の私は軍需工場にいましたが、同じ年ごろの男子学生は戦場に出ていき、たくさん死んでいきました。皇太子が結婚したときに私は成婚式を報じるテレビを見ることができなかった。皇太子夫妻の華やかな馬車が宮城前の玉砂利の上を通る音が、戦争で死んだ学徒兵たちの骨の音に聞こえるんです。はっきりいいますが、私は天皇が東京裁判で何らかの形で法廷に立たれなかったことが、いまもって納得できません。戦後ずっと、咽喉《のど》に小骨のようにひっかかっていた思いがしてました。それが『二つの祖国』を書いたことでやっと取れたような気がします。

アメリカの恥部

ドウス　日系人のことを考えるうえで私が最も気にかかっていたのは、やっぱり強制収容所のことです。排日史ともいえる日系移民史の中でも象徴的な出来事です。いろいろな日系人問題が凝縮されていると思うんです。有刺鉄線のぎざつく先が内側の日系人のほうへ向っていた収容所から、まだ十代の若者たちが志願して戦場へ向った。命を的にする極限の場で己れを賭けようとする。排日法により帰化権を与えられていない日本籍の親や、アメリカ人の自分自身や兄弟姉妹のことを考えて志願し、戦場をめざした。国への忠誠という大義名分下に、若者をして試練を乗り越えさせたものはなんであったのか。

米軍が発行した「四四二」部隊についての小冊子や写真集はあっても、その中には個人的証言は出ていない。日系兵が米軍の中でいかに使われたかについて具体的に書かれてもいません。私はノンフィクション手法の取材でそれを残しておきたかった。しかし、この素材を日本の読者にいかにわかりやすく伝えられるかと悩んでいたとき、フランスの田舎のブリエアという小さな村の人たちが、自分たちをナチから解放した日系米兵たちと涙を流して三十数年ぶりに再会したという小さな新聞記事にぶつかった。ここから『ブリエアの解放者たち』が始まりました。

山崎 『二つの祖国』は強制収容所、太平洋戦場、広島の原爆、東京裁判という四つの素材を通して、一人の人間にとって祖国とは何かという問いかけをしたものですが、その端《たん》は、強制収容所から発しています。強制収容所は、誰がなんといおうと、アメリカの人種的偏見による恥部だと思うんですよ。老人から赤ん坊までの自国民を両手にさげられるトランク二つだけ持たせて強制収容所に送ったという歴史的事実が、民主主義の国家、アメリカに存在したということ、これは絶対に書き残さねばならないと痛感したんです。

ところが取材にかかってみると、日系人の皆さんは、その屈辱は語りたくないとおっしゃる。「せっかくおへそのあたりまで下りたものをまたチャックで引き開けようとするんですか」といわれました。でも忍耐強く、何度も足を運んでいるうちに少しずつ語ってくださいましたが、絶対にいやだと口を閉ざされたままの方もいらっしゃった。その中にもっと真実があったのではないかと、そこが書き終えたいまも心残りですね。

ドウス　私の場合、まずぶつかった壁は四四二部隊の戦友会です。彼らの団結はいまだに実に強く、めったなことでは名誉ある自分たちの部隊に手をつけさせないという構えです。その戦友会が、かつての兵士たちを訪ね歩いてよいという許可を出すことが取材の前提になりました。そのOKをもらうために何十人という二世の元兵隊さんたちに囲まれて、何の目的でどんな風にどこの雑誌に書くのかも質問される。しかも戦友会といってもホノルルに二つ、開戦前に徴兵された百大隊の兵隊さんの会と、戦争中に志願した兵隊さんの会とがあり、またロサンゼルスには本土出身兵の会がある。その三カ所を回って質問攻めにあいました。

「四四二」の関係者にしてみると、女に戦場が書けるかという懸念が強かった。私は日本人ですから、日本人に都合の良い材料だけを拾って一方的な話を書かれてはという不安も多く聞かされました。ですからやっと許可が下りても戦友会が関係者を紹介してくれたわけではない。それでも戦友会のOKが出ているというと、元日系兵たちが会ってくれるようになり、戦友会にも出席できたので、そこからイモヅル式に取材が可能になりました。

山崎　「四四二」の取材では私も泣かされましたが、私が最も印象に残ったのは第百大隊のI中隊が敵に囲まれたテキサスの大隊を助けにいって、ものすごい犠牲を出して救出したときに、テキサスの白人兵が隠れていた壕の中から顔を出し「オー！　ジャップか」といったという話でしたね。この話をしてくださった方は感情を抑えて語ってくれましたが、「四四二」で行かれた日系人の気持は複雑なんだろうなとつくづく思いました。

ドウス　テキサスの部隊に最初にたどりついたのは「四四二」連隊のI中隊第一小隊の六名と第二小隊の二名なのですが、その生き残り全員に取材してみた。ダラスでおこなわれたテキサス側の戦友会にも行き、あちらの生存者にも訊いてみました。ところが、結局、事実の確認はとれなかった。この「ジャップ」の件は、白人の従軍記者が書いた記事の中に出てきて、非常にドラマチックに書かれているので、アメリカでもよくその件が引用されるのですが、現場にいた兵隊は誰一人として「ジャップ」という言葉を聞いていない。

あのころ、アメリカ軍は「四四二」隊が配属される師団にあらかじめ「ジャップ」という言葉を使ってはいけないという強い通達を出して、トラブルを避けようとしています。もしテキサス兵が本当に「ジャップ」といったとすれば問題だと思って、私もしつこく調べたわけですが、その事実は出なかった。だいたい、あのときテキサスの部隊は弾丸も切れる寸前で絶望的な状況におかれていました。そんなときに、自分たちの連隊でもない「四四二」の日系兵がドイツ軍の包囲網を破って助けにきてくれた。私の集めた証言では、言葉もなく涙を流して抱きついてきたという話ばかりでした。

山崎　それにしてもあのテキサス大隊救出のときの日系兵の使われ方は問題ですねえ。二百七十五人のテキサス兵を救出するために、日系兵は二百人以上が死亡、約六百人が負傷した。この数字が物語る意味は大きいですよ。

ドウス　連隊の三分の二以上の死傷者が出ました。中隊によっては最後に残ったのがわずか四名というところまであった。この使われ方は軍事的にも目茶苦茶です。何故なのかと戦闘日誌などを、取材での証言とつきあわせて、これは師団長の問題だと思いました。たとえばフランスへ行く前に、「四四二」はイタリア戦線で三十四師団に所属していましたが、ここのライダー師団長は理に適《かな》った使い方をしていました。彼は「真珠湾のモルモット」といわれた百大隊には特に目をかけて、公に「マイ・ベスト・ユニット」と呼んではばからなかった。日系人のほうも「狂信的な兵」と呼ばれるほどの活躍をして、その信頼に応えている。

ところが、フランス戦線での三十六師団のダルキスト師団長は人間の限度を超えた戦闘を「四四二」に命じた。日系兵に期待していたことも確かでしょうが、日系兵の生命を軽く見ていたフシがある。明らかに人種的偏見を感じさせる言葉を少なからず戦闘日誌に残しています。

山崎　日系人への人種偏見が根深くあったというのは確かですよ。だいたいカリフォルニアにしてもハワイにしても、荒地を切り開いて耕地にしたのは日系人なのに、外国人土地法という法律があるために土地の取得はできないし、帰化しようとしても帰化権も認められない。明白な人種差別で、荒地を開拓して成績を上げれば上げるほど排斥され、一世の人たちは全く非人間的扱いを受けていたわけですね。

ドウス　「四四二」部隊の白人の少尉で日系兵とともに戦い負傷し、いまコーネル大学の教授になっているフットさんという方がいます。この方が日系人は大和魂といったが、あれはピューリタンのヤンキー魂と実に似ているといってました。日本人は向上心が旺盛で少しでも上へ這いあがろうと一生懸命働くという点でピューリタンにとてもよく似ているというわけです。そのワスプと同じ価値観と生活態度をもつ日系人、つまり賞められこそすれ見下されるはずのない日系人がスケープゴート的扱いを受けたのは何故か。根底にあるのは東洋系への蔑視ですが、それだけでも片づけられない。日系人があまりによく働いた結果、白人の経済的地位をおびやかしてしまったので白人が反撃に転じたという点も大きいですね。

ルーズベルトの狡猾さ

山崎　インペリアルバレーという盆地がメキシコ国境に近いカリフォルニアにある。ルーズベルト大統領が名づけの親で、天皇崇拝の日系人がその名前につられて開拓にはいったんですが、そこの気候のひどさ。九月中旬でも五十度の暑さで、三十分立っているだけでシャツが汗でぐっしょりになってしまうようなところです。もし意識的にインペリアルバレーという名前をつけて日系人を誘いこんだとしたら、ルーズベルト大統領は実に狡猾な政治家だと思いますね。

ドウス　日系移民というのは、後発の移民ですから、送りこまれたというよりも、彼らにはそういう荒地しか残っていなかった。いい土地はヨーロッパ系の移民や東部から移住してきた人たちにすでにおさえられている。どうしてもひどい土地に入植せざるをえない。ところが、そういう絶対に農地にならないと思われていた土地を、日本からの移民は豊かな土地にかえてしまう。それに白人たちが度肝をぬかれたときから、本格的な排日が始まるわけです。

山崎　それにしても、インペリアルバレー、帝国渓谷という名前のつけ方は狡猾ですね。ルーズベルトの伝記を読んでいると彼の狡猾さがあらゆる面で出てきますよ。しかも残念なのは、三世たちがインペリアルバレーと名づけたのがルーズベルトだということを知らないことなんです。親が話していないんです。

ドウス　二世たちだけでなく、本当に辛かったいやな体験は誰しも語りたがらない。三世、四世たちが自分たちで日系史に興味を持ち出したというのは、彼らがゆとりを持って過去をふり返れるアメリカ人になりきったのだといえます。

差別の実例のひとつですが、ジョー・ディマジオという野球のヒーローがいます。ニューヨーク・ヤンキースの名選手でマリリン・モンローの夫だった人ですが、彼はイタリア系の二世で床屋の息子です。つまり同じように第二次大戦の敵国系市民の息子ですが、彼の忠誠心が戦争中に疑われはしませんでした。ところが、日系二世でサンディエゴの同じく移民の床屋の息子だったヨシオ・マミヤという青年は、開戦の日にＦＢＩにひっぱられて牢にいれられてしまう。ともに枢軸国出身の一世の子供で、親は床屋、この二人の運命を分けたのは何だろうか。

カリフォルニア全体の人口から見たら一％に満たなかった日系人がカリフォルニアの農産物

の五〇%を生産していた。国防上の理由でアメリカ生まれの二世さえも敵性人としてカリフォルニアから追い立てられたのは、ここらに本当の理由がある。人種的偏見と同時に、政治的、経済的理由で追い立てられた。

山崎　さっきも申しましたように、強制収容はアメリカの恥部です。自分の国民を強制収容所にいれて、しかも忠誠心のテストまでしたんですからね。ですが、この忠誠登録という一枚の紙によって、両親の一世と息子たち二世の間に自分たちの祖国は日本かアメリカかという骨肉の争いがおこり、一家が崩壊する。そこに小説的ドラマがあるわけです。

黒枠の中の写真

ドウス　私の興味は、その収容所からなぜ志願兵が出たかということです。開戦と同時に日系人は選抜徴兵制からも閉め出されていた。そのため、強制収容が始まってすぐのころ、日系二世の中から「自殺部隊」を作ろうという話がでる。つまり「日系人は戦歴が無い。だからその忠誠心には疑問がある」というのが、排日派の決まり文句だった。そのため、一世を人質においても自殺部隊を作り戦えば白人たちも見直すだろうということです。陸軍は、民主主義の国アメリカで、同じ人種だけで編成する部隊など許されない、とまず拒否した。しかし間もなく、アメリカ軍の中でひそかに日系兵部隊を作ろうという動きがでる。アメリカで日系人が差別されているという日本側の宣伝への反宣伝として、結局、日系人の中から志願兵を募ることになる。その際、強制収容所から釈放し、その後で志願させるのではなく、強制収容したまま志願を募った。

そして入隊のための忠誠を明白にするために、忠誠登録をさせた。日系二世にとってこれほどの屈辱はないのですが、それでも父母、兄弟の将来を考え、アメリカ社会の中で生き残るために志願したのです。

山崎　つまり〝二世コール〟、すべて二世の将来のためにというのでしょうが、胸が痛くなりますね。

ドウス　同じ志願兵といっても、ハワイと本土は違ってました。「四四二」での最初のトラブルはハワイ出身兵と本土出身兵のいがみ合いです。訓練中はケンカばかりしていた。ハワイからの連中は人口の四割が日系人という中で育っていますし、強制収容なしの志願ですから一見、心情的にも暗くない。千五百人の枠のところに一万人も志願してくる。本土は徴兵年齢に達した男子が二万四千人いても、実際に志願したのは千二百余人、そのうち身体検査に通ったのが八百名です。

ただ、ハワイ兵が一見明るいとしても胸の内はやはり複雑です。一例をあげると、開戦後、ハワイの軍事施設の工事現場から日系人だけ閉め出された。サボタージュをやるのではと疑われたためですが、人手不足もあって、またすぐに雇われる。しかし、日系人以外のつけているバッジは白い中に写真がはいっていた。ところが日系人のバッジは黒い中に写真がはいっていた。日系人は非常に屈辱を感じたそうです。それが志願の動機につながっている。しっかりと戦功をたて、アメリカ人として忠誠心にケチをつけられないようにし、その戦功を戦後に役立てる。若者たちはそこまで考えていた。

山崎　黒枠の中に写真なんて死んだ人みたいですものね。いやだったでしょうねえ。しかし、屈辱に耐えて志願したのは、やっぱり親への孝行ですね。

ドウス　親のため、そして自分たちがアメリカ人として生き通すためです。

山崎　志願して、場合によっては兄弟が敵味方になって戦う可能性もあったのに……。それを思うとなんともいえません。

ドウス　兄弟が敵味方に分かれて戦うというケースはヨーロッパ戦に回った日系兵からも聞きました。

山崎　ニューギニア戦線にいた語学兵のノブ・ヨシムラさんは、弟が同じ戦線の日本軍の中にいることを知ってた。毎朝起きると、「今日、もし弟に会ったら、今日、もし弟に会ったら」とそればかり考えたそうです。そしてある日、「よし、弟になら射たれてやろう」と思ったとたん、気持が落着いたと話して下さいました。この方には六月のサンフランシスコの晴れた日の朝、オフィスでお目にかかったんですが、「よし、弟になら射たれてやろうと決心した」とおっしゃりながら、ウーッと男泣きされました。

ドウス　「四四二」隊の白人将校の中にはドイツ系二世やイタリア系二世がいました。彼らにも従兄弟同士が敵味方で戦ったという話がある。それがアメリカです。

情報戦で完敗した日本

山崎　そうです。語学兵の取材をしていてそこが辛かったですね。それと同時に、彼らの取材を通して、アメリカの情報力というか、そのものすごさに驚きました。日本は開戦と同時に英語教育をやめてしまって、私の友達で電車の中で英語のリーダーを読んでいて海軍の士官に殴られた人もいましたが、アメリカは逆に敵国日本の言葉を徹底的に学ばせた。それがＭＩＳ（米陸軍情報部日本語学校）で、会話のみならず、読み書き、楷書、草書、地理、日本軍隊の編成まで勉強させ、毎日七時間の授業です。それに、夜二時間の自習を加えて一日九時間の学習のみならず、宿題が多くて、トイレやベッドでも毛布をかぶり、懐中電灯で勉強する。だから語学兵だった人は、皆眼が悪くなって、眼鏡をかけた人が多い。軍からどんどん眼鏡の支給があったそうです。

教材も完備している。広辞林、字源から作戦要務令までハーバード大学で植字して、二人に一冊ずつ用意してたそうです。至れり尽せりですよ。それでいて、さっきもいったように彼らの存在は徹底的に隠されていた。ミネソタ州のミネアポリス郊外の森林を切り開いたところに建てたバラック校舎だったので、近所の住民は彼らのことを日本軍の捕虜だと思ったそうです。要するにアメリカ軍は自国の国民すら欺いたわけで、日本はこの時点で、既に情報戦に敗れていたんですね。

ドウス　戦時中の白人に対する語学教育も徹底していますね。移民の国だからこその語学力なのですが、語学教育そのものがすごい。陸軍、海軍問わず、語学学校で日本語を叩きこんだ。その結果ですが、白人の優秀な日本学者、つまりジャパノロジストが戦後たくさん育った。戦時語学教育の副産物といえます。

山崎　ドナルド・キーンさん、サイデンステッカーさんたちですね。二世ではジェームス・荒木さんなど優秀な翻訳家がたくさん出ておられる。

ドウス　本土の強制収容所からも語学兵として出征していますが、語学兵として通用するためにはまず英語がよく出来なければならない。その上で日本語を教えこみましたから、翻訳家として優秀な人たちが出るのは当然ですね。

山崎　とにかく気の狂いそうな訓練だったと皆さんおっしゃってました。私はまず日本語学校の教官であり、二世のリーダーだったジョン・相磯氏に取材して、それから当時の生徒だった人たちを紹介していただこうと思ったんですが、相磯氏は「私はあまりにハードな教育をして彼らに恨まれているから、私の紹介で行ったのでは彼らはしゃべらないかもしれない」とおっしゃいました。それほど激しかったんですね。語学の勉強というのは、普通一日六時間以上しても効果が無いそうですが、「戦争だからやれ」という軍命令で超人的な勉強をさせたそうです。

それと二世たちの不満というと、十人一組のチームを組まされて、そのリーダーは必ず白人ということですね。やはり信頼されていないのかといやな気持になったといっていました。
ドウス　「四四二」隊でも最初のころ将校は全員が白人です。これは米軍の方針でした。日系兵たちは戦地で戦功をたてながら、少尉クラスに昇進していきます。百大隊だけはちょっと違って、最初から日系の中隊長が出ました。それと無関係でないのですが、大隊長、副大隊長は白人ですが、二人とも並外れて日系に理解があった。彼らは志願して日系部隊の指揮官になった人たちです。

百大隊の最初の大隊長はターナーという人で、この人は日系兵に「おまえたち日系兵は二つの戦いを戦っているんだ。一つはアメリカに代表される民主主義のためのナチとの戦い、もう一つはアメリカ国内における偏見と差別との戦い」と繰り返し語ったそうです。彼はまた、軍の中で百大隊のことを「ジャップ大隊」などと呼ぶ人間がいると、ワシントンの陸軍省に直接抗議した。実に公平な人柄の大隊長でした。彼のあとのシングルスという大隊長も素晴しい人だった。日系兵への思いにわざとらしさがなく、自然とにじみでる愛情を感じさせました。先ほど話に出たテキサス部隊の救出のとき、最後に「バンザイ突撃《チャージ》」といわれる突撃をかけるのですが、このとき先頭に立ったのは白人の将校です。日系兵たちはそれに感激して、「オレたちのために命をかけてくれるのか」とわれ知らず雄《お》たけびをあげ、あとについて突進したといっていました。

日系人のためなどに命を捨てられるかといって逆の方向に駆けていった白人将校もいなかっ

たわけではありません。しかし、利害を超えて日系兵の代弁をしてくれた白人が多くいた。「四四二」はラッキーだったという見方もできる。白人の中でもドイツ系やイタリア系は日系兵と理解しあえたようですね。彼らにしても「二つの戦い」ですね。要するに白人といっても一つの色で塗りあげてしまうことはできないということです。

捕虜にならない日系兵

山崎 太平洋戦線にいった語学兵の場合、自らに向けられている人種的偏見との戦いと、父祖の国、日本との戦いであり、その敵がドイツ軍ではなく、日本であったことはほんとうに辛かったとおっしゃっていました。米軍の上層部は日系の語学兵を前線には出さなかった。やはり危険ですからね。間違えて射たれても困るし。そのかわり語学兵たちは、戦闘が終ったあとでゴムの手袋をはめて日本兵の死体をさぐるんです。ポケットの中の手紙や日記を調べ、「今日で何日、飯を食べていない」などという記述から兵力を探知するわけですが、自分たちと同じ血の流れる日本兵に追い剝ぎみたいな真似をするのは、実にいやだったようです。

それから、これはフィリピンの話ですが、アメリカ軍がバギオにいる山下奉文を追撃していく途中の道端に餓死した日本兵の死体があるのを、アメリカ軍はブルドーザーで押しのけて進んでいく。そのとき、ある日系二世の将校が「ちょっと待ってくれ」といって、倒れている日本兵の脈を調べ、鼻のところに鏡をあて、鏡が曇ると、まだ生きていると横にのけて、それからブルドーザーを進ませたそうです。こういうことを聞くと、「四四二」の犠牲もたいへんなものだけど、彼らの場合はドイツ軍を敵にして血の証《あか》しをたてるという大義が通っている。それに比べて太平洋の日系語学兵は……と、思わざるをえないんですよ。

ドウス　「四四二」の日系兵の場合、特徴的なのは、捕虜になった兵が非常にすくないということです。なぜかと軍当局が知りたがったほどです。兵たちの親には、日露戦争にかり出され、その戦場からもどったあとで移民した人が少なくない。親たちは子である日系兵の出征のとき、「生きて帰ると思うな」という表現で励ましている。日系兵に恥の意識が強いのはそのためです。それが戦後も続いていて、ヨーロッパ戦線で捕虜になった元日系兵にインタビューしても、その体験を語ろうとしない人が少なくなかった。例の三年前のイランのアメリカ大使館占拠事件、あれで大使館の中で捕虜になっていたアメリカ人たちが解放されて帰って来たとき大歓迎されましたね。それでアメリカでは捕虜になるということは、少しも恥ずべきことではないのだと初めてわかったといった元日系兵さえいました。やっと恥の意識から解放されたというのです。

それともう一つ、日系兵の中には捕虜になるとドイツを通して日本に送られるのではと本気で惧《おそ》れていた人がいました。父母が日本に戻っていた兵などは、そうなったら父母はじめ親戚はどうなるかと心配し、捕虜になるなら死をと思っていたそうです。ジュネーブ条約があったとはいえ、ナチに捕まった日系兵がベルリンに送られ、在独日本大使館員の取調べを受けたという話が実際にありますね。

山崎　語学兵たちも捕虜になったら一族の恥と思っていたようですね。それと同時に白人の将校が、「きみたちは日本軍につかまったらピンセットでばらばらにされてしまうぞ」といっていたのね。白人的な発想ですよ、ピンセットでばらばらなんていうのは（笑）。上層部自身も日系兵が捕虜になるのを非常に警戒すると同時に、日本兵と銃火を交えたくない日系兵の気持に配慮して、なるべく前線に出さないようにしていたようですね。

ドウス　その点でアメリカ軍は気を使ったようですね。ただ、例外的にはビルマ戦線で日本兵と銃火を交えた語学兵の部隊がありました。それと、これは終戦直前のことですが、フロリダで訓練を受けてから太平洋の島に送りこまれた日系兵部隊がありました。ヨーロッパ戦線で日系部隊が目ざましい戦功を立てだすと、日系兵への選抜徴兵制が復活し、そのころは志願ではなくて徴兵になってたわけですが、この部隊も収容所から徴兵された兵で編成され、しかも戦闘部隊でした。

今もって出ない答え

山崎　話はかわるんですが、どうしても触れなければならないのは原爆と東京裁判のことなんです。私は原爆について三つのことを日系人問題との関連で調べてみたんです。一つは、なぜ日本に原爆が落とされたかということ。つまりアメリカは一九四五年五月のドイツ降伏以前に原爆を開発していたにもかかわらず、ドイツには落とさず、三カ月後、日本に落としたのではないかという疑いです。二つ目は、被爆後の広島に原爆調査団としてはいった日系人のこと。三つ目は広島で被爆した二世のこと。広島については立派な本が既にたくさん出ているので、あまり手をつけられていないことを調べて書こうと思った。

　第一の原爆開発の時点については、何カ月もかけて調べてみましたが確認できませんでした。なぜ広島に落とされたかについては、最も有力だった京都はスチムソン陸軍長官の強い反対で外され、広島が目標になったのは気象条件と目標に値する軍事施設があったからで、当時米軍は、日本に関する気象情報は、北支の毛沢東司令部の無線局から得ていたそうです。

　二番めの原爆調査団の件については心に残ることがありました。アメリカ本土の名門大学の工学部を卒業された二世の方なんですが、白人の将校について原爆調査団の一員として広島へ行った。すると被爆者たちが「助けてくれ、水をくれえ、薬をくれえ」と、二世兵のその方にすがりついてくるんだそうです。ところが、彼は薬をもっていない。調査団には原爆投下による心理的影響、軍事的影響、医学的影響の調査の三グループあるんですが、日系人は主に心理的影響の調査を担当させられ、薬品はもっていない。その二世の方は、「あの地獄ともいえる中で二十三歳の私に何ができるのです。何もしてあげることができませんでした。人間として絶対してはいけないものを見てしまい、私の人生は変わってしまいました」とおっしゃいました。この方は、その後、京都、奈良の仏門を叩くんですが、そこでは「おまえはアメリカ人だから駄目だ」と断わられる。一体、私はどうすればよいのだ、と絶望されたそうです。彼の調査レポートは合衆国に批判的だとして、書き直しを命じられたのに応じなかったために、反米思想の持ち主としてワシントンに記録され、今なおいい職業に就けないそうです。

次に原爆投下時点に広島にいた被爆日系二世のことですが、開戦でアメリカに帰れなかったり、戦時交換船の齢《とし》老《お》いた親について帰って来た二世の人たちの被爆は、日系人問題の中でも大きな問題です。『二つの祖国』の女主人公、井本椰子《なぎこ》は被爆し、白血病で死ぬわけですが、死の間際に「私たちはアメリカ合衆国の敵だったのでしょうか。この答えを得ないまま、死んで行くことは納得できません」という言葉を残す。これに対する答えは今もって出ていませんね。

ドウス 原爆が最初に落とされたのが広島だったというのは軍事的理由からですが、日系人問題を考える上で興味のあるところです。移民で最も人数が多いのは広島県出身者ですから。私の会った従軍記者だった白人女性が「四四二」部隊と原爆投下のことを話して、『四四二』の兵隊たちは原爆投下のニュースを聞いて、これで戦争が終ると喜んでいた。彼らは原爆投下を父母の国と結びつけてセンチメンタルにはとらえなかった」とおっしゃいました。私はそれは違うと思った。彼女には日系兵の裏側にあるものが見えなかったと思った。取材した二世で広島出身の日系兵だった人は、原爆投下のニュースをドイツのマンハイムで、「星条旗」紙を読んで知った。頭を破《わ》られるようなものすごいショックを受けた。二、三日間ボーッとして、いまでもそのときのことはよく思い出せないといっていました。

その兵はヨーロッパ戦線のあと再志願して占領軍の一員として日本に来ます。こういう形で敗戦後の日本を訪れた「四四二」は少なくないのです。彼の場合は広島がどうなったかどうしても知りたかったというのです。親は爆心地に近いところに住んでいて、もちろん死んでしまった。即死であってほしいというのが彼の願いでした。せめて苦しまないで死んでくれたらということです。彼は親に連れられて、日本で生活したことがあり、しかし、日本がいやで「自分はアメリカ人だ」と一人でアメリカに帰った。そしてアメリカ軍のユニフォームを着た人ですが、のちに日本で修行して浄土真宗のお坊さんになる。私に繰り返し、「広島は業だ」と語りました。つまり、日本は中国や朝鮮で悪いことをした。その結果が広島だというのです。そして広島に原爆を落としたことが、今度はアメリカの業となってベトナムなどで出てきている。そういう形で彼は広島を自分の中で処理しようとしている。決して、アメリカの女性記者が考えるような簡単な問題ではない。

国家謝罪と戦時賠償

山崎　それから東京裁判のことですが、東京裁判には四人の日系二世のモニター（言語調整官）がいて、通訳の言葉をチェックした事実があるので、小説の主人公をこのモニターに設定したんです。一語一句に被告の生命がかかっているモニターの仕事に神経をすり減らしながら、主人公、天羽《あもう》賢治の眼と耳を通して東京裁判の正体を見極めていくところに視点をおいて書きましたが、ときには日本文と英文の法廷記録をつき合わさねばならない大変な作業でした。この東京裁判を通して、一貫していえることは、ここにも人種的差別が存在していたということです。一例をあげれば、「人道に対する罪」を裁く連合国側が、弁護側から原爆動議が出ると、「連合国がどんな武器を採用したかということは、本審理に何らの関連性を持たない」と却下し、法廷速記録からも、その部分を削除してしまっています。

ドウス 先日、レバノン戦争のニュースをテレビで見ていたら、レバノンからの移民である父親がアメリカ人として戦死した息子について、「自分の国のために死んだのだから」と涙をこらえて語っていた。一世が「四四二」の一員として死んだ息子を語る言葉と全く異ならない。アメリカという国の業だなと思いました。多民族国家のアメリカと単一民族国家の日本との戦争でも浮かび上がってくるのは、日本とは異なる複雑なアメリカという国の実態です。戦後四十年近くたっても、日本人はその点を理解できていない。意識として、アメリカ人の二世たちが親の国である日本と戦うということの中にある問題、そこがわからないのは日本人の国際社会における問題でもあります。

山崎 それと同時に教育の問題。日本の戦後教育において日系人のことを全く教えなかったという問題もありますね。恥ずかしい話ですが、私も一九七八年にハワイ大学に行くまで強制収容所のことは断片的にしか知らなかった。

ドウス　学校で移民関係について何も教えませんものね。日系人問題が現在、世の中の関心を集め出しているわけですから、いまこそ日系人について多くの人に考えてほしいと思います。日本人から見て都合の良い事実だけを拾って、感傷だけで片づけるのではなく、日米の歴史の流れの中でみた日系史の問題点を正確に拾う心がけが必要ですね。それと、日本企業がアメリカに進出してくると、現地雇いという形で日本語のできる日系人を雇った。当時の就職は大変だったから彼らが我慢していわば「縁の下の力持ち」として働いた。結果的には捨て石になった。それが日本企業の今日の繁栄につながるところがある。

しかし、こういう一世、二世がいまや老境にはいっています。時代も意識も違っているから、三世、四世はそういうわけにはいかない。いまカリフォルニアの日系人の半分は日系人以外と結婚しています。そういう状況の変化を日本側がきちんと把握しておかないと、日米関係にも影響が出ることは確実ですね。

山崎　私がむずかしいと思ったのは、日系人に対する戦時賠償の問題ですね。私は人間の命とか名誉というものはお金に換算できるものではないから、賠償額はアメリカ政府にまかせて、そのかわり大統領による日系人への国家謝罪の内容を濃く正確にさせたほうがいいと考えていたんです。そのことをある講演会で話しましたら、聴衆の中にいらした知り合いの二世の大学教授が身を震わせて、「あなたは老人までが二つのトランクを下げて自分の家を追い出されていったときのことを知らない。知らないからそんなことがいえるんです」と非難されました。

日ごろは非常に冷静な方がそうおっしゃるので、それから私は戦時賠償のことはなにもいえなくなりました。

日系人自身の運動

ドウス　強制収容についての聴聞会がアメリカの各地二十カ所で開かれて、私もサンフランシスコでおこなわれたのを傍聴しました。証人として出た一世、二世の男性が、それまでは抑えた静かな調子で客観的に状況を述べていたのに、ある瞬間からおいおいと男泣きされるのです。強制収容というのは、根の深い心理的ダメージを与えたのだなとつくづく思いました。自分たちが当然骨を埋めようとしたアメリカに、ああいう形で裏切られたという悲しみは忘れることができないことです。アメリカ人としての意識とコミットメントだったからこその悲しみです。

調査委員会は「否定された人間の権利」のタイトルで、強制収容を不正の歴史として断罪したわけですが、戦時賠償の金額の問題については、日系人の間でも意見が分かれているようです。お金で解決するのは恥という日本的心情と、お金の要求をすると経済戦争で緊張している日米関係に悪影響を及ぼし、それが日系人にはねかえって、再びかつてのようにスケープゴートになりかねないという心配で、これが金銭的要求はほどほどにしろという意見の背景にある。

山崎　私なども、どうしてもそういう風に考えてしまうんですよ。それにお金を払えば、「はい、それですみました」と片づけられかねない。

ドウス　金銭的要求を堂々とすべきという人たちは、金銭的補償をすることがアメリカでは謝罪の最も確かな方法であり、結着のつけ方というわけです。アメリカ先住民に対する補償も、ベトナム反戦運動で不当に逮捕された人たちへの補償もお金でなされている。だから日系人に対しても金銭的補償をということです。

日系人史の中で賠償問題を考えてみて最も面白いのは、この運動がまさに日系人自身の手でおこなわれたということです。日系人が何年もかけて根回しをし、賠償という形まで持っていった。アメリカ国内で日系人問題がブームになっているわけではないのです。アメリカ人が日系人問題にとくに関心を持っているわけではありません。日系人自身がかつての日系問題を、他のアメリカ人に認識させようと努力して作り出していったのです。そういうことが可能になった背景として、当然、日系人の社会的地位の向上がある。「四四二」部隊は三一四％という驚異的な累積死傷率を出し、アメリカ戦史を通して最も多数の勲章を受けた。日系の戦歴を文句のつけようのないものとしています。でも、それが即、日系人の地位向上に結びついたわけではない。復員してきた日系兵がＧＩビルという復員軍人援護法によって無料で受けられた大学教育をてこに、社会的地位の高い職業についたわけです。こうして今や中産階級になった日系人たちが自信を得て、自分たちの問題に目を向けていったということに注目する必要があると思います。

たとえば東京ローズ（日本軍が行なった対米軍向けプロパガンダ放送の女性アナウンサー。日系米人）は大統領の特赦という形で結着がついたのですが、いまおこなわれている他の裁判は完全無罪をめざしている。いずれも強制移住や夜間外出禁止に逆らって有罪になった人たちの再審なんですが、有罪の根拠になった法律自体が憲法違反だから完全無罪以外ありえないという主張をしています。特赦などという恩恵的な解決法は拒否するということです。

それと、日系のリーダーたちはさらに東洋人社会全体にも目をむけようとしています。去年、デトロイトで新婚早々の若い中国系のアメリカ人が二人の白人に野球バットで殴り殺された。デトロイトは自動車の町で、日本人への反感が強い。彼は日系人と間違えられて殺されました。犯人に地方判事が下した判決が執行猶予三年の懲役と三千四百ドルの罰金。人ひとり殺しておいて、執行猶予です。裁判長は第二次大戦で日本軍の捕虜だった。これに対して日系人が中心になってアジア系の市民に呼びかけて運動を起した結果、裁判の差し戻しに成功しました。

山崎　私が最後に申し上げたいのは、日本人は日系アメリカ人のことをもっと考え理解しなければならないということです。語学兵の方たちのことだけをとってみても、彼らがいなければ戦後日本の占領政策はあんなにスムーズには運ばなかったと思います。アメリカ史研究の猿谷要教授は、日系アメリカ人問題を研究する学者がようやく育つようになった時、『二つの祖国』が大きな衝撃力をもって刺激を与えたといって下さいましたが、これは有難いことで、日本の近代史で日系人問題を含む移民史が欠落していることを反省しなければなりませんね。

ドウス　日系人問題は昭和史の断面であり、日米関係を考える上での反射鏡といえます。現在と未来へつながる問題提起を見る思いがします。だからこそ、思い込みではなく、正確に焦点を合わせる必要がある。日系人問題は、多民族国家という日本人にはわかりにくい国を考えるとき、とても良い手がかりになるはずです。日本が国際社会の中で本当に生き残るためにも、もっともっと真剣に日系人問題を日米関係の中でとらえてもらいたいですね。

（「文藝春秋」一九八四年一月）

ドウス昌代（ドウス　まさよ）
一九三八年生まれ。ノンフィクション作家。岩見沢市出身。早稲田大学文学部卒業、米国在住。日米関係、日米間に生きた人たちについてのノンフィクション作品を著す。
一九七七年『東京ローズ』でデビューし、講談社出版文化賞（ノンフィクション部門）受賞。一九八三年の『ブリエアの解放者たち』では文藝春秋読者賞。一九九二年『日本の陰謀』で大宅壮一ノンフィクション賞、新潮学芸賞。二〇〇〇年『イサム・ノグチ』で講談社ノンフィクション賞受賞。

『二つの祖国』は反米的か

三國一朗（タレント）×山崎豊子

「恩師の茶漬け」

三國　山崎さん、お住いは堺でしたね。

山崎　浜寺です。東京でいえば、鎌倉のようなところで、浜辺がとてもきれいだったんですが、今は埋めたてられ運河になっています。戦前は『万葉集』にも詠まれている松の木がございましてね。小さいときは夏だけ来ていましたのですけど、今は住いになってしまいました。

三國　水泳はお得意。

山崎　名門浜寺水練学校の生徒だったんです（笑）。

三國　それはお見それいたしました（笑）。どちらかといえば、スポーツ少女で、文学少女ではなかったのですね。

山崎　そうです。私の恩師といえる方は、小学校の先生で、もう九十いくつになられる方なんです。以前は時折、お会いしていたんですが、その先生が「山崎、おまえがこんなに偉くなるとは思わんかった。しかし、おまえは国語の書き取りはようやったな。ともかく、わしはうれしい。おまえがわしの教え子じゃと言うても誰も信用せんが、おまえからちゃんと坂口利夫先生と書いて、必ず本を送ってくるだろう。だからみんな信用する」（笑）。『二つの祖国』をお送りしましたら、お茶漬けのりと野沢菜の入ったのを送って下さったんです。おもちを焼いて、先生からいただいた野沢菜茶漬けを入れて、「仰げば尊しわが師の恩」を歌って、「恩師の茶漬け」を戴いているわけで（笑）。うちの者が大笑い。

三國　（爆笑）

山崎　今にして思えば、昔は小学校、女学校、大学ですけど、恩師と言える人は小学校の先生だけなんですね。

三國　ほんとうにありがたい先生だったと思うのは、小学校の先生だと言いますね。上へ行くほど水くさくなりますよ。

山崎　書き取りをよくやらされまして、本を多く読むことを習慣づけられました。休日もソファにひっくり返って乱読し、〝活字中毒〟といわれるほど本を読む習慣は、坂口先生の訓練の賜物だと思います。教科書だけ教えないで、こんな本を読みなさい、そして感想を書きなさい、ということをよく言われました。

三國　……山崎さん、歌は歌われますか。
山崎　好きです。長編を書いていて、書けなくなると夜中に歌を歌ってます（笑）。
三國　どんな歌。
山崎　古いのが多いですね。「旅愁」だとか。
三國　読者に知られざる顔ですね。
山崎　でも、妥協を知らないということでしょうか。誤解されるんですよ。それと文壇のお付き合いが全く苦手でやらないもんですから——。この間「小説新潮」で松本清張先生と対談したんです。そこで、ニッポン株式会社、文壇自民党と言ったんです。それで大変なんです（笑）。
三國　どうして。
山崎　ニッポン株式会社だけでも頭にくるのに、文壇自民党……（笑）。
三國　ほう。
山崎　そこで、川端康成先生の『雪国』はたいへんな芸術作品だけれども、ノーベル賞の性格からいったら違う。あの時点でなら、石川達三先生の『生きてゐる兵隊』『風にそよぐ葦』や井伏鱒二先生の『黒い雨』、とくに『生きてゐる兵隊』は、書いたことによって特高に引っ張られたものでしょう。ノーベル賞の性格が人類の進歩と平和のためのものだから、という意味のことをいっただけなんですが、それが死者に鞭打ったって。私は芸術作品としては立派だと言ってるんですよ。だけど賞の性格としては違うんではないか、と。当たり前のことを当たり前に言ってるのに大騒ぎになってるんですよ。東京って変なところだなと思うんです。ですから、大阪は実にいい意味の大いなる田舎、ここから出ていくことはないと思ってます。

三國　松本さんは山崎さんのことをどんな風におっしゃっていましたか。

山崎　初めての対談なんですが、開口一番、どんな生意気でいやな女かと思ってた、案外かわいらしい、って（笑）。

三國　これは会ってみないと、わからない。私もそう思いますよ（笑）。

井上靖氏との出会い

三國　ところで、山崎さん、新聞社にお入りになったのはなぜですか。

山崎　戦争中でして、徴用のがれなんです。徴用がありまして、宇治の砲兵工廠で弾磨きをさせられていたんです。弾磨きしてる間、自分たちと同年代の人が学徒出陣で出て行って死んでいくわけです。女は弾磨きです。このいま自分が磨いている物体が、敵、味方ということなしに、人間を殺すものだ、自分もそれに参画しているんだ、と思ったら、恐ろしくって体が震えてきました。その経験がありましたので、昭和十九年春に大学を卒業しても、次の年に敗戦になるとは思っていませんでしたから、弾磨きの続きに今度は何をやらされるかと思ったら怖くて仕方がないんです。そうしたら、私の大学の先生が、自分の友人に毎日新聞社会部の副部長がいるから頼んであげようということで、渡りに船で入社したんです。男の記者の方が兵隊に取られて、いないときでしたから。

三國　社会部ですか。

山崎　いえ、社会部は勘弁してください、お願いだから学芸部、と頼んだのです（笑）。

三國　そのとき井上靖さんに……。

山崎　学芸部の副部長でした。学芸部では、調査記事ばかり書かされました。あなたは筆が遅いからといわれまして。それで、北陸の紡績工場を回って、昭和の女工哀史を書きました。

三國　いま、読みたいですね。そのころの井上さん、どんな方でしたか。

山崎　私は新米でしたから、怖かったですね。原稿を提出しますと、部分的にパッパッと直される。後と前を入れかえられたりして。そうするとピシッと文章が生きるんです。活字が起きてくるんです。

いつか二人でヤミ市を歩きましたとき、井上さんが、また「人間」落選だったよとおっしゃった。『猟銃』という作品だったんです。私、読ませていただいていたんで、これが落選したんだったら、その編集長、よっぽど文学のわからない馬鹿だ、なんて、私、作家志望じゃなかったので、大いに怒ったんです。ところが、あとで解ったんですが、その編集長が何と今日出海さんだった（笑）。後日作家になってから、お兄さんの今東光さんにこの話をすると、あんたらしいておもしろいやないか、と大笑い……（笑）。

その後、井上さんは芥川賞を受賞されて、東京へ転勤になられるとき、出版部の副部長で行かれた。井上さんを送り出す会のとき、「山崎君ネ、人間というのは一生に一回は傑作が書けるんだ。自分の家のことなら書ける。君も何か書いてみたらどうか」とおっしゃった。それで、私も書いてみようという気になったんです。井上さんとめぐり合わなかったら、作家になっていないと思います。ほんとにえにしというもの、運命というものを感じますね。

三國　人との出会い、というのは不思議としかいえないところがあるものですね。

パール・ハーバーが励ましてくれた

三國　ハワイ大学の客員教授としてしばらく講義をなさいましたね。文学講義ですか。

山崎　前には川端先生が『源氏物語』を講義されたこともありますし、とても日本の古典文学の講義というわけにはまいりませんので、考えまして、上方文学を講義させて下さい、と申し出たんです。上方文学って何ですかと言われまして。初めてなんですね、アメリカで上方文学が講義されたのは。昔から、人がしたことをするのが大嫌いな性分でして……。

三國　そうだろうとはお見うけしておりましたが……(笑)。

山崎　好奇心が旺盛なんですね。

三國　そういう人は風当たりが強いんですよ。だけどそれが山崎さんの文学の活力なんですよ。講義されたのは、やっぱり、西鶴、秋成とかですか。

山崎　いえ、それがまた心臓で、現代小説として自分の小説の『ぼんち』をテキストに、縦横無尽にやったんです。大阪船場の特異な風習あり、大阪弁あり、エロあり、芸者ガールありで、学生がおもしろいおもしろいって。たとえば大阪で「おます」というのは、「そうです」という意ですね。京都の御所の女房が「御居座《おいま》す」と言うんですね。大阪商人は御所に出入りしても、女房としか会っていないので、自然と言葉遣いがうつったんでしょう。その一例が「御居座す」が「おます」になったのです。そんな風に大阪弁を講義したんです。大阪の「おいど」というのも御所の女房言葉でしょ。

三國　おしりのことですよね。講義ではどんな反応がありましたか。

山崎『ぼんち』の主人公は、セカンドワイフどころか、五人もワイフがあってうらやましいって。この主人公は現代の光源氏だという感想がありました。英訳されていますが、非常に優美で品格のある訳で、その書評を読みますと、アメリカの読者たちからは、信じられないほど神秘的な家族制度、風習、伝統がある、と。東洋的神秘を感じるんですね。

三國　ハワイはどうでしたか。

山崎『二つの祖国』の構想を練っているとき、うまくいかない、ダメだなと思ったとき、大学の山手の方にあがりますと、パール・ハーバーが一望できるんです。ここで日本とアメリカの戦いがあったんだ、これを書き残さなくてはならない、という気持ちが、また湧き出て、励まされました。ですけど、あれだけの大きな素材を女の細腕で書くのは、自分の才能や能力だけじゃないですね。あらゆる要素がうまくかみ合うことですね。大学に一年いる時、大学付属の東西文化センターで基礎資料を読み、生徒を通して、家族と付き合う機会にめぐまれたんです。それで二世の生活を書くことができました。それと、たまたまホノルルがパール・ハーバーのある街だったということですね。これは誰がどのように私を支えてくれるよりも、パール・ハーバーをながめて独り考えることの方が強いですよ。書かなくちゃいけない、書かなくちゃいけない、と鼓動を打つような声がパッパ、パッと聞こえるんです。それで頑張ることができたんです。

多くの人はハワイに行ってもワイキキに行く。私はワイキキには行かないんです。大学のマノアの山の方へ行くんです。ハワイに来た人が、ワイキキだけ行って、パール・ハーバーに行かないで帰る神経がわからないですね。ワイキキで、大きな顔して札ビラ切ってる人がいますけど、パール・ハーバーのある街なんですから考えて下さい、お願いだと言いたくなりますね。私を励ましてくれたのは、あのパール・ハーバーなんです。

放映延期事件のおこり

三國　ハワイに行くほとんどの日本人にとって、パール・ハーバーは意識の外なんでしょうね。残念ながら。

山崎　『二つの祖国』も、そうした背景をこめて、日米戦争の意味を問い直してみたかった。

ところが、JACL（日系アメリカ市民連盟）の人たちに反米的だと言われ、日本の一部の新聞でも反米的だと言われ、ホノルルにいる時、共同通信がNHKの『山河燃ゆ』六週間延期というニュースを流しました。

三國　六週間延期というのはどういうことですか。

山崎　だから困るんですね。ホノルルで記者会見があり、六週間で反米感情がとれるのか、六週間というのはどういう意味だって聞かれ、NHKに聞いて下さい、と答えたんです。帰国後、AP通信の記者から電話がありまして、申し上げたんですが、歴史的事実をもとにした文学作品であるのに、反米的だとアメリカの新聞に書いている二世の方を調べてみますと、日本語の読めない方なんです。原作を読まずして、論評することは無責任ではないか、第二番目は、表現の自由、言論の自由の保障されている民主主義国家のアメリカが、日本の小説やテレビを検閲したり修正するような態度をとることは、民主主義のルールに反する、ある意味で民主主義の自殺行為だ、と言いました。

三國　全くその通りです。

山崎　『二つの祖国』の文芸講演会が、サンフランシスコ、ロサンゼルス、ホノルルで行なわれ、その次がニューヨーク、シカゴの予定だったんですが、それが中止になりました。

三國　反米的ということなんですか。

山崎　名著『山下裁判』の著者フランク・リールは、米陸軍法務大尉として、山下被告の弁護にあたり、一九四九年に山下裁判は勝者の一方的な裁きであったと弾劾しています。マッカーサーが日本占領中のことですよ。占領中にあの裁判は不当だということを書いたところ、ここにアメリカの正義と公正が存在しているのです。私はそのようなアメリカを知っており、日本とアメリカのパートナーシップを信じて、その前提のもとに『二つの祖国』を書いてるんですが、それを反米的といわれるのは心外ですよ。だから、日本の在外公館はＪＡＣＬの抗議に対して、そうじゃないと日本語の読めない人たちに納得のいくように話をしてほしかった、それが在外公館の立場だと思うんですがね。

三國　それが出先の在外公館の仕事でもある。しかし、もとはどこから出たんですか。

山崎　ＪＡＣＬ（日系アメリカ市民連盟）からです。

三國　しかし、日系アメリカ市民連盟の統一的見解じゃないでしょう。

山崎　七十万人の日系人の中で、ＪＡＣＬは三万人なんです。事のおこりは、私が去年十月、中国へ行ってる間に当時の会長のフロイド・シモムラという人が日本にやってきて、プレスセンターで『二つの祖国』は迷惑だ、われわれは日本に対して何の義理も人情もないというようなスピーチをしたそうです。スピーチするだけだったら言論の自由ですから、いいんですけれど、そのあと、ＮＨＫに放映の抗議に行っているんです。それが事の発端なんです。

それで、今になったら、あれは中傷を言ったのではない、われわれ日系人たちの長い憂慮の中での考えを発言したのだ、というんですよ。その弁明書みたいなものが来ているんです。それによりますと、われわれはＮＨＫに、新聞で報道されたごとく、新聞というのは朝日新聞のことなんですが、中止の行動をおこしたことはない。われわれは長い憂慮を考えて言っただけのことである。われわれの関心のすべての一点は白人社会がどう考えるかにかかっていると書いてありました。この日本語は、ＮＨＫで訳されたものですが、日系人のすべての関心の一点が白人社会の反応にあるという言葉には、絶句しました。

なぜ〈二つの祖国〉ではいけないか？

三國　それは作中にあるように、日系の二世三世が、不当な扱いをうけたような印象をあたえる、それが有害だということなんですか。

山崎　そうです。わかりましたことは、抗議する人たちは、祖国すなわち忠誠、忠誠すなわち国家安全保障なんです。国家安全保障に抵触することは、アメリカ合衆国にとっては大変なことなんだというのですが、小説を書く場合に、祖国すなわち忠誠、忠誠すなわち国家安全保障なんて馬鹿馬鹿しい解釈はしないって言ったんです。私はアメリカで放映するときがあれば、『二つの祖国』を、ツー・ファザーランドではなく、ツー・マザーランドと訳してほしいと申し上げたんです。そこには自分が生まれ生きていく温かくて優しい、大きな母なる大地という、そういう情緒的な詩的な思いをこめているんです。だれが小説を読むとき、祖国＝忠誠＝国家安全保障、そんな図式を考えますか、そういう考え方をするなら、小説を読む能力がないと言ったんです。

今日もAP通信の方に言ったんです。世界史をひもといてみて、強制収容所はユダヤの収容所もありますが、日系人は自分の両親、兄弟、あるいは妻子を強制収容所に入れられて、そのなかから志願もしくは徴兵でヨーロッパ戦線と太平洋戦線に行ったんですね。そういう体験を持った人たちはどこにもいないですよ。

三國 いないでしょうね。

山崎 『二つの祖国』がでると、自分たち二世は、二つの忠誠心を持っていたんだと、忠誠を疑われるというんです。そうすると、今の戦時賠償がせっかくうまく行ってるのに、反対する連中が、それ見ろ、二世は戦争中、二つの祖国のはざまにさまよっていたんだ、そんなヤツに賠償することがあるか、やっぱりジャップはジャップだとなると……。

三國 それが怖い、と。

山崎 それじゃ言わせてもらいましょう。『二つの祖国』が戦時損害賠償にマイナスになるとおっしゃるならば、それは逆でプラスに働きますよ。両親、兄弟、妻子が収容所に入れられていて、そのなかでなおかつ志願し、あるいは徴兵で戦線に出ていって、多くの人が死んでいったということは、二世たちはかく戦えりということになるのじゃありませんか。なぜ、それをプラスに使わないんですか。なぜ忠誠心が疑われる疑われるとマイナス面だけを強調するんですか。それじゃ、二世のパパたちは草葉の陰で泣いてますよ……。

三國　犬死になりますね。

山崎　だって、他のアメリカ人たちは血の証《あかし》を立てなくたって、軍隊へ行けば忠誠なんでしょう。ところが、パパたちは負傷、もしくは死んだんですよ。そんなパパたちの立てた血の証は、ちょっと『二つの祖国』が出版されたぐらいでぐらつくような、そんな小さくて軽いものだったんですか。もっと大きくて重いものだったんじゃないですか、と言いたいのです。

NHK制作発表の記者会見の十日ほど前でしたでしょうか。タイトルを『二つの祖国』ではなく『山河燃ゆ』に譲ってくれというんです。私の場合、題名即ちテーマなんだから、テーマを否定することはできない、従って、タイトルは最初から譲らないっていったじゃないですかと言ったんです。そこで私は完全に下りるかどうしようか悩んだわけです。

つまり、作家的生命を重んじるか、社会的使命を重んずるか、二者択一ですね。作家的生命だけを重んずる場合は下りるべきですよ。でも社会的使命を考えた場合は「『二つの祖国』より」と原題も入ることだし、この際、一人でも多くの人に、戦争中われわれ日本人だけが苦しんだのではなくて、アメリカにいた日系人たちにとっても悲惨な体験であった、戦争というものが人間にとっていかに悲惨なものか、ということを知ってもらうためにはと、譲ったんです。

三國　〈山河燃ゆ〉というのはどういうことですか。

山崎　わかりませんねえ。〈二つの祖国〉でなぜいけないんだっていったら、祖国という言葉が暗くて硬い、というんです。それから、左翼からも右翼からも攻撃の的になるとおっしゃるんです。

三國　祖国は暖かいものだということを、新潮社の「波」の表紙に書かれていましたね。

山崎　何と言っても解らないんですね。私は、読者から、テレビと原作とは違うものだと割り切っても、これはあまりにも違いすぎる、作者としての良心を問うといわれてるんです。NHKからはテレビの冒頭からアリゾナ砂漠が出て、二世が出て来ると、日本の農村のおじいさん、おばあさんはついていけないから、戦前の日本から出る導入部分を了解してほしいと申し入れられ、それは了承しましたが、二・二六事件や上海事変など、原作のテーマと全くかかわりないものまで入るとは――。パール・ハーバーから以後、原作とかけはなれるようだったら、作家としての良心をもって重大決意をしなくてはならない。

三國　二世の方の反応はどうですか。

山崎　JACLの人たちは、小説のなかの二世は一般的でない、典型的な二世じゃないと言うんです。冗談じゃない、と言いたい。小説がそんな類型的な一般的なものを書きますか。小説というものは非常に稀有でユニークな人間像を書くものです。一九三六年から、昭和でいえば十一年から二十三年までの時代に区切って、一人の稀有なユニークな二世像を設定したんですから。一般的な類型的なものを小説に書く必要はないですからね。

ハワイはぜん息に効く？

三國　いつも感心して山崎さんの小説を拝見しているんですが、前作の『不毛地帯』では、ロッキード問題が発生する二年前にお書きになっている。

山崎　別にタネも仕掛けもないんです。衆院決算委員会の議事録を丹念に読んだのです。当時の幹事長が、看護婦を連れてしばしばぜん息の治療にハワイに行くのを、野党が突いているのです。そこでちょっとおかしいと思った。ハワイがぜん息に効くということを聞いたことがない。かえってぜん息には悪いんです。それがヒントで、このハワイ行きには裏があると思った。

三國　新聞記者の人たちなら日常接してる世界なんですが、気がつかない。山崎さんのは単に深読みではなくて独特なんですね。さて、この大作のあとはどうなさいます。

山崎　『二つの祖国』を書きましたから、もうリタイアしたい。

三國　まだリタイアされるお齢でもない。

山崎　今から、二十年ほど前のことでしたか、オスロのペンクラブ大会に亡くなった川端先生とご一緒したことがあるんです。そのときポロッと「山崎さん、作家にとって、処女作を超える作品を書けることは幸せですよ」とおっしゃった。ですから自殺なさったときにいちばん頭に浮かんだことは、その言葉でした。よくどうしてそんなに作品が書けるんですかって聞かれるんですが、やっぱり覚悟の問題じゃないですかって笑うんです。

三國　どういう覚悟ですか。

山崎　『二つの祖国』を書きあげるまで五年かかってるでしょう。ベストセラーになってもその収入を五年間で割ると、決して楽なものじゃないです。五年間もかかって書いた作品が失敗作の場合は、五年間タダ働きでしょ。ですからほんとに覚悟がいりますね。

三國　『二つの祖国』の問題は、今後のなりゆきを読者の方々と見守ることにしましょう。また、次の作品を楽しみに、私もゆっくりお待ちしています。ありがとうございました。

（「潮」一九八四年六月）

三國一朗（みくに　いちろう）
一九二一年生まれ。放送タレント、エッセイスト。名古屋市出身。東京帝国大学文学部社会学科を卒業後、雑誌編集者、アサヒビール勤務を経て、一九五二年、深夜放送「イングリッシュ・アワー」で「日本最初のラジオ・パーソナリティ」となる。以後、放送タレントとして各種番組に出演。近代日本史ものの司会やレポーターも多く務める。
一方、軽妙なエッセイ集を何冊も著す。また徳川夢声を敬愛し『徳川夢声の世界』を刊行、同書で芸術選奨文部大臣新人賞を受賞した。二〇〇〇年死去。

〝沈まぬ太陽〟を求めて

羽仁進（映画監督）×山崎豊子

悲劇では終わらない逞しさ

羽仁　『沈まぬ太陽』の「アフリカ篇」を一気に拝読いたしました。息もつかせぬ展開で、時間が経つのも忘れて……。僕は、主人公恩地元《おんちはじめ》の有為転変の人生を辿りながら、知らない世界に泣きそうになりました。でも、何よりもまず『沈まぬ太陽』という題名が印象的ですね。アフリカの太陽は、一度見たら忘れられない輝きがありますから。

山崎　ありがとうございます。本当にあの落陽は感動しますね。その一瞬前まで、野生の動物たちがにぎやかに動き回っていたのに、サバンナに陽が沈むと一気に闇に包まれ、何も見えなくなる。あの凄さには言葉を失いました。

羽仁　地平線に真ん丸な、黄金の板が浮かぶ。あの壮大な光景は、大自然がぐっと迫ってくる瞬間ですね。まさに「沈まぬ太陽」です。

山崎　沈むけれども、確かに明日を約束している——そう思わせる落日ですよね。糺《ただ》すべきことは糺そうと言ったばかりに会社に疎まれ、僻地の海外勤務を十年にわたって強いられた主人公に勇気を与えてくれるものは、あの太陽だと確信しました。アフリカで、毎日毎日、私が日没の時間を聞くので、周りの人に訝《いぶか》しがられました（笑）。

羽仁　わかります。あの夕陽には、何か、悲劇では終わらない逞《たくま》しさがあるのです。今回の小説の題名を見た時、真っ先にそれを感じました。そして実際、いろんなふうに読める奥行きのある小説ですよね。僕はまだ「アフリカ篇」しか読めなかったけれど、続きを早く読みたくて仕方ありません。

山崎　アフリカには四回、取材に行き、足かけ五年の執筆、三千五百枚になってしまいました。

羽仁　大長編ですが、読みだしたら絶対にやめることはできませんね。

山崎　羽仁さんは一九六三年にアフリカにいらして以来、いまもずっと野生動物の映像を撮り続けておられるアフリカの主《ぬし》のような方ですが、私は、一九九一年、『大地の子』を書き終え、本が刊行された年に、初めてアフリカの地を踏みました。実を言うと、女学生の頃から、キリマンジャロは心の恋人だったのです。戦時中、軍需工場へ動員され、暗い青春時代だったから、戦争が終わったらキリマンジャロを見たいと一心に思っていました。

羽仁　僕が最初にアフリカに行ったのは渥美清さん主演の『ブワナ・トシの歌』を撮った時で

すから、けっして主というほどではありませんが（笑）、アフリカとの付き合いはけっこう長くなりました。ところで、お話を伺いますと、山崎さんは始めは小説をお書きになるつもりでアフリカに行かれたのではなかったのですね。

山崎　そうなんです。『大地の子』を書き終えたら、憧れのキリマンジャロを見るのだと、そればかり考えていたんです。それに私は動物が大好きで、どうしても野生動物を見たかったし……。学生時代の夢をようやく実現させたのが、一九九一年、ちょうど八年前になりますね。

羽仁　僕は小さい頃から、とにかく動物の生態に興味があって、アフリカに惹かれていたんです。生態がわかると、動物を見る目も変わりますね。

山崎　ナイロビの空港に着いた時、ああ、やっと憧れの地に来ることができたと思いました。空港のロビーは様々な人種・民族でごった返していましたが、ある一劃だけ切り取られたように独特の雰囲気が漂っていて、非常に立派なたたずまいの日本人が立っておられました。それが、O氏との出会いでした。野生動物やキリマンジャロを見るといっても、私には知識も経験もありません。それで、アフリカに詳しいO氏を紹介していただいたのです。小説のことを忘れるためにアフリカに降り立ったわけですが、サバンナを案内していただいて、夜、焚き火を囲みながらO氏の話を聞いているうちに、こみ上げてくるものがありました。O氏は航空会社の組合委員長として活動したために、カラチ、テヘラン、ナイロビの支店を盥廻《たらいまわ》しにされていたのですね。現代の花形企業に、こんな「流刑」があったのかと憤りを抑えることができませんでした。そこから『沈まぬ太陽』が生まれたんです。

羽仁　作家の業ですね。アフリカの地と人間、大自然と悲劇が結びついて、ドラマが生まれたとは——。実は、私もOさんのことは存じ上げていましたが、小説の主人公恩地がそのままOさんということではないにしろ、この本を読んで、こんな苛酷な運命に翻弄された方だったのかと初めて知りました。同時に、僕が見ていた角度とは違うアフリカと人間が描かれていて、たいへん興味深かったし、納得しながら読みました。アフリカは、主人公にとっては流刑地だったにもかかわらず、荘厳な大自然があった……。非常に苛酷な運命の結果、その自然と向き合うわけですから、主人公は普通では見ることのできないものに触れることもできたんですよね。

山崎　そんなふうに読んでいただいて安心いたしました。主人公は、まさに時代と組織に弄《もてあそ》ばれたのです。彼はサバンナで狩猟に熱中しますが、それは実は、遥か日本にある会社という猛獣を撃ち続けていたのではないか——そう思ったとき、小説の構想が動き出したんです。

羽仁　家族と別れて三年目に、初めて妻、息子と娘がナイロビに訪ねてくるシーンがありますね。しとめた動物を剥製にして自宅に飾っていたのに、気味が悪いから隠してくれと子供たちは言う。ここは、節を曲げずに生きたい自分と大切にしたい家族との関係で悩む主人公の複雑な感情が出ていて、とても印象的でした。

山崎　そのあとで、主人公が自分の作った剥製を狂ったように撃つシーンがありますが、そこにつながるのです。家族との絆が危うくなり、孤独に苛《さいな》まれながら、剝製を、自分をなぶり者にした会社の人間に見立てて撃つんです。

羽仁　そのことで、主人公の内側に、大自然の摂理をもっと深い所で感じるきっかけが生まれる。動物と対決して殺したという段階も、そこへ至るステップなんですね。

日本は何も変わっていない

山崎　「週刊新潮」の連載が終わったのが四月二十九日号。連載終了後、引き続いて五巻分の単行本のための加筆・修正がずっと続いているんですが、読み直すたびに思うんです。これは、今現在の話じゃないかと。御巣鷹山事故が昭和六十年のことであるのに、日本は何も変わっていない。巨象のごとき会社が蟻のような個人を踏みつぶし、政治家や官僚が結託して利権を貪《むさぼ》り、私利私欲に走って私腹を肥《こ》やし、人命の尊さより利益の優先を考えている……。その辺りは「御巣鷹山篇」「会長室篇」で詳しく描きましたが、会社と時代に弄ばれる主人公は、現代の日本人そのものだと思います。

羽仁　この小説を読まれる多くの方は、私よりも会社、組織というものをよくご存じでしょうから、身につまされるでしょうね。組織の中には理屈に合わない虐待があり、必死で自分を守らなければならない場合もあるわけですから……。主人公の仲間が、羽田の倉庫番や支店の隅で案内係にさせられたりするくだりがありますが、まさに非公然的な解決の仕方で、憤りを覚えます。意見の違いを公然と人間的に論争するのではなく、組織の論理を裏に隠して人事や昇格にすり替えて実現する。

山崎　悪辣なやり方ですね。連載中もあれは事実ですかという問い合わせがありましたが、黴臭い売却資材倉庫への左遷など、みな本当の話です。そもそも、十年間も海外を盥廻しする「流刑」なんて、信じられないでしょう？　でも事実なのです。

羽仁　僕は、会社という組織とはほとんど縁のなかった人間ですが、『沈まぬ太陽』に描かれた組織と個人の悲劇は、戦後の日本社会の中では多くの会社に存在したことじゃないかと思います。その結果、家族に犠牲を強いることにもなる。

山崎　テヘランでの別れは悲しいですね。恩地はさらに西のナイロビへ、妻子は遠く東の日本へ――。

羽仁　胸を衝かれましたよ。克己と純子という二人の子供はどんな思いで父と別れていったのか。僕自身の体験とも重ね合わせて読みました。実は、昭和十三年、僕が小学校四年生の時、父（羽仁五郎）が、当局の弾圧を逃れて中国に渡ったんです。中国では要人と会ったりしていたようですが、一年後ぐらいに、母（羽仁説子）も父の所に行ってしまったのです。妹二人と僕の三人が日本に残るという、国際的捨て子みたいなもの（笑）ですが、その時、いろいろ感じることがありました。テヘランの別れを読みながら、そんな子供の頃のことを思い出しましたよ。

山崎　いろいろなことがあったのですね。アフリカでのお仕事もそうですが、羽仁さんは恵まれた家庭に育った「お坊っちゃま」だという印象が……。

羽仁　いやいや、ぜんぜん（笑）。戦時中、父も母も上海に行っていて不在の家に特高警察が来たことがあります。父の蔵書十五万冊を調べにきたのですが、僕と上の妹で、咄嗟に父の原稿を缶に入れ、穴を掘って埋めました。子供心に、個人と社会、組織というものはすごく離れているものだと肌で感じていたんでしょうね。『沈まぬ太陽』を読んで、その思いを新たにしました。個人の思いは組織の前では通らない……。

山崎　それはまた興味深いお話ですが、缶の中の原稿は無事だったのですか。

羽仁　幸い無事で、戦後、『都市』という本になりました。ところで僕は、『不毛地帯』を読んで大変感銘を受けたんですよ。でも、山崎さんの描かれる世界と僕の世界はつながらないと思っていました。ところが、今度は違う。知らず知らずのうちに、信念に従って生きる主人公に思い入れして読んでいる自分を発見しました。ところで、先ほどの資材倉庫の話もそうですが、企業や墜落事故の裏面、アフリカの自然のご取材は大変だったのでしょうね。

山崎　アフリカはもう体力との戦いでした。羽仁さんのように若い時から行っておられるのとは違いますから。ライオンが獲物をむさぼり食べているのを見ても、始めは目をそむけましたね。ところが、ライオンの子供は本当にもう連れて帰ろうかと思うくらい可愛い。

羽仁　キリマンジャロ登山とか野生動物の生態などは、この「アフリカ篇」の読み所ですね。

家族で広大な保護地域をめぐる際に、主人公は子供たちに、自然の何たるかを教えていくことになる。いい場面ですねえ。

良心派を探し歩く

山崎　取材で本当に苦しんだのは、主人公が日本に帰ってからなのです。これはもう、ひどいもので……。航空会社を取材するに当たって、社長にまずお目にかかりました。機長をはじめ運航、整備、営業の人々の声を聞きたいと申しますと、どうぞどうぞ、ご自由にとおっしゃる。ところが、取材の過程で担当役員に取材を申し込みましたら、役員は責任があるから、会わせられないというんです。

羽仁　えっ？

山崎　私には責任のない人しか会わせていなかったのです。長い作家生活で、こんな無責任な言葉を聞いたのははじめてでした。この時点で、この会社ではまともな取材は出来ないことを明白に知り、以後、この会社の良心派の方を一人一人、探し当てて、事実を積み上げて行くことにしました。そして当時の社長に、どうも納得いかないことばかりですと申し上げると、ぱっと立ち上がって「私の不徳といたすところでございます」。それだけなんですよ。

羽仁　国会答弁のようですね。

山崎　この会社がいかに経営者不在であったかを実感いたしましたね。それに比べ、現場の整備員やパイロット、運航の人たちは真面目でした。その辺からですね、何かがおかしいと思い始めたのは。その会社の歴史を見ていくと、魑魅魍魎《ちみもうりよう》の世界につながって行くんです。羽仁さんがさっきおっしゃったように公正に意見を戦わせずに、売却資材倉庫とか支店でさらし者にする。世界の最先端を行く航空会社がなんでそんなことまでするのか、なぜ、なぜと進んで行ったら、泥沼のようなものが見えてきたのです。その泥沼は、墜落事故にもつながっている。

羽仁 三巻目は、御巣鷹山の事故を扱っておられますが、主人公が遭遇する現実がどんなふうに小説として描かれるのか、楽しみです。あの時、なぜ誰も操縦室から、ドーンと音がしたという客席後部を見に行かなかったのか、機長はなぜ自衛隊の飛行場にまっすぐ飛んで降りなかったのか、降りるとたいへんな費用がかかるから羽田に戻ろうとしたとか、いろいろな説がありましたよね。

山崎 営利優先ではなかったのかということですね。米軍の横田基地は滑走路を空けて待っていました。浜松の自衛隊も空けていました。それなのになぜ機長は羽田にこだわったのか。「アフリカ篇」では、ニューデリーとモスクワの墜落事故を書いていますが、安全と経済性とのせめぎ合いが、事故多発の原因になる。「御巣鷹山篇」ではそこから踏み込んで書いています。

羽仁 事故原因や遺体についてのご取材も並大抵のことではなかったと思いますが。

山崎 私は、あの事故を人間的にきちんと見直したかったのです。事故調査委員会では委員長はじめ、多くの方からお話を聞きました。飛行機の構造を一から学ばなければなりませんからたいへんでした。事故調のデータも細かく読みましたよ。もちろん、シアトルのボーイング社にも行きましたが、これがまた、木でハナをくくったような応対で、五百二十名の尊い生命が失われたことに対する贖罪の気持ちは彼らからは感じられないんです。もうその問題は済んだと。遺体の検視については、群馬県医師会、歯科医師会のご協力を得、日本赤十字社の看護婦さんにもお目にかかり、無惨な実情を伺うことができました。それだけにご遺族の方の取材は、ほんとうに辛うございました。

羽仁 アフリカにひとりだけで不遇をかこっているにもかかわらず、主人公は必死で会社の航空券を売ろうとしますね。ウガンダに、寅さん映画を持って行ったり、いろいろ努力する。ところがインド、モスクワの事故にチケットを買った人が巻き込まれてしまう。もう、おたくの飛行機には乗らない、航空券は「命のかかった切符だぞ」と背を向けられる中で、最後まで温かい言葉をかける在留日本人が出てきます。この小説の魅力である人間性が色濃く出ている箇所で、なるほどと感動しました。

山崎 この小説を書くことによって、事故で亡くなられた五百二十名の方の声なき声にいささかでも報いたいといつも思っていました。それに反してあんなむごい事故を起こしながら、その後も贖罪の意識が希薄で、再建のために送り込まれた会長を排除する策謀をめぐらせ、暗闘を繰り返しているんですからね。「会長室篇」では、その怖るべき実態を書きました。

羽仁　早く続きを読みたい（笑）。過酷な運命に翻弄された主人公は、再び、アフリカの壮大な夕陽を見るということですが、どんな気持ちで眺めるのか。

山崎　ぜひ、最後までお読み下さい。現在の荒廃した社会にあっても、良心は消えない。〝明日を約束する〟心の中の「沈まぬ太陽」を持ち続けようとする願いが、この小説のテーマです。

（「波」一九九九年七月）

羽仁進（はに　すすむ）
一九二八年生まれ。映画監督。
東京都出身。自由学園を卒業後、共同通信社記者を経て、『生活と水』で監督デビュー。一九六一年、ドキュメンタリーの手法を多用した長編劇映画の『不良少年』で新境地を開拓、キネマ旬報ベストテンの首位に選ばれる。
一九六五年の『ブワナ・トシの歌』は、主人公の渥美清がアフリカ奥地にプレハブ住宅を建てに行くというストーリー。その後も、アフリカなどで海外ロケを長く行い、野生動物を撮り続ける。集大成としてのビデオ、『生きる—動物に学ぶ』は大きな話題となった。

『運命の人』沖縄取材記――特別エッセイ

……運命の人

主人公が住む離島へ

沖縄・那覇から宮古島行きのプロペラ機の中。真下には東シナ海の青い海が広がっている。これから訪れるのは、宮古島からさらにフェリーに乗り継がねばならない伊良部《いらぶ》島だ。書類ケースから沖縄諸島の地図を取り出し、もう一度、指でなぞる。沖縄本島から南西へ二百九十キロ――、八つの島からなる宮古諸島の中心、宮古島。その陰にそっと寄り添うような形で、伊良部島と下地《しもじ》島がある。面積三十八・六平方キロメートル、亜熱帯に属するため、年間を通じて温暖な気候で、伊良部島と下地島の間は六箇所の橋で往来できるから、ひとつの島も同然である。

一体、どんなところだろう？　窓外は眩しいほどの紺碧の海と空、その間に浮かぶ真っ白い巨大な入道雲が、天と海の隔たりを感じさせてくれる。

沖縄取材をはじめて二年目。小説的構成に悩む毎日だったが、今回の伊良部島行きは、新聞記者としての生命を絶たれた主人公が、死の彷徨の果てに辿り着いた沖縄の離島で、どう再生するかの緒を設定する旅である。

沖縄篇（単行本第四巻）の序章は、本島ではなく、離島と決めていたが、数ある離島のどこにするか、なかなか答えが出なかった。無人島に近い島もあれば、観光化が進んで、頻繁に団体客が訪れる島もある。主人公がいかに世捨人になったとはいえ、社会とあまり隔絶した文化果つる孤島は似つかわしくない。

孤独の影を引き摺りながら、穢れなき自然と人情に癒され、たち直りのきっかけを摑める島——。それなら伊良部島あたりはどうですかと勧めて下さる人があり、ともかく飛んで来たのだ。

那覇から四十五分の宮古空港に到着。同じ飛行機に乗り合わせた観光客は、空港ロビーに迎えに来ていた地元旅行社の車に乗り込み、瞬く間に姿を消した。

「文藝春秋」で私を担当して下さる小田記者、『大地の子』以来の編集者平尾氏、秘書の野上とで、平良《ひらら》港へ。タクシーで十数分と意外に近い。

潮の香りが漂うコンクリート床の待合所はがらんとし、切符売り場の横の小さな売店に麦わら帽、ゴム草履、バケツなどに混じって、かぼちゃ、冬瓜、黒砂糖の袋も並べられている。

時間待ちに、岸壁の下を何気なく覗くと、小魚の群れが泳ぎ廻っている。

やがて桟橋にフェリーが横付けになる。意外と大きい。伊良部島と宮古を結ぶこの船便は、島の生活用品の運搬、郵便配達、通学、通院などの唯一の交通手段で、買い物袋を持ったお年寄や、ジャージ姿の中学生の集団など、実にさまざまな人が乗り合わせた。

フェリーは十五分で伊良部の佐良浜《さらはま》港へ着いた。近くに漁協の建物があるが、昼過ぎの時間で人の気配はない。宮古に比べてもはるかに小さく、閑散とした島の玄関である。近くに寿司屋の看板を上げた店があるが、閉店して久しいのか、出入口を板で塞がれ、侘しさが漂っている。港に面した斜面には、小さな住宅が身を寄せ合っているが、廃屋に見えるものもある。

取り敢えず町から経営を委託されているというホテルへ向かう。タクシーの運転手さんの話では、伊良部島は昭和初期、南洋鰹の一本釣りが盛んだったが、今では遠洋漁業が中心とのこと。

人気の全くないサトウキビ畑の中の舗装道路が妙に不気味。放棄されたかのような荒れた畑に、ブーゲンビリアが群生している光景も、花の美しさより、人が不在のはかなさが胸に来る。島でたった一つの信号のある交差点を過ぎ、十分も走るとホテルに着いた。海に面した白いホテルは軍艦のように、堅牢な鉄筋コンクリート造りだ。宮古諸島は台風銀座と云われるほど、襲来が多いせいか。

「うちだって鉄筋コンクリートさー」

運転手さんが荷物を下す手伝いをしてくれながら笑う。風速三、四十メートルの台風はざらで、茅葺きの家はその度に吹っ飛ばされ、村中が力を合わせて作り直していたが、復帰後、国の振興開発政策が打ち出されてから、金融公庫が低利なローンを貸してくれ、改築ラッシュがはじまったそうだ。

「ここでは鉄筋コンクリートと云わんのよ、借金コンクリートって云うの」

運転手さんは陽気に笑い、Uターンして行った。

なるほど。主人公が伊良部に来たら、借金コンクリートに住むのか――、それはちょっと風情がないなと困惑する。

フロントで記帳すると、三階の部屋に案内された。咽喉がカラカラで、備えつけのさんぴん茶を飲み干して一服する。腰痛持ちの体に、長旅はさすがにこたえる。

小一時間、まどろんで、夕陽が落ちかける寸前、ベランダへ出る。前面は遠浅の入江で、波静かだが、海中から大小の岩が林立している。奇観である。

「あれは、津波石《つなみいし》と云いましてね」

夕食時、レストランの主人が話してくれた。明和八年（一七七一年）、宮古、八重山を大津波が襲い、何十メートルもの高波に多くの島民が溺死、家屋は流失するという大災害が起った。その大津波で海中の石、陸の岩が周辺海域に押し流されたという。目の前の角が丸みを帯びた岩も、以来、二百数十年の歳月の雨風、海水に洗われて今に至ったのかと思うと、この東シナ海の荒ぶる気象に怖気づいた。

「でもお客さん、台風や津波は一年のうちの限られた日だけですよ、夜ともなると、流れ星がしばしばあって、さながら星のシャワーですよ」

その言葉に大自然の神秘を期待したが、あいにくの空模様で、何も見えない。同行の小田、平尾の両氏は夕食後、ちょっと散歩にと出かけられた。私と野上は一旦、部屋へ引き揚げたものの、夜長を持てあまし、外に出てみる。

ホテル周辺の電灯が途切れた先は漆黒の闇——、わずかな波の音だけが聞こえる。ホテルを背にしばらく歩くと、自分の足音すら闇に吸い込まれていくようで、先が道なのか、海岸へ続く崖なのかさえ解らない。強烈な孤独感が押し寄せて来た。

真っ暗闇の中で、ふと小説の主人公のことを考える。外務省機密漏洩事件で最高裁の有罪が確定した彼の前には、深い闇がおりた。その奈落で、慟哭したのか、憤怒で金縛りにあったのか——、この地で光を摑ませようという思いを強くした。

ロシア人言語学者の悲劇

翌朝、この遥けき離島を大正末期から三度、訪ねて来たというロシアの若き言語学者ニコライ・A・ネフスキーの足跡を辿る。柳田國男、柳宗悦ら民俗学者の薫陶を受けたネフスキーは、宮古、八重山諸島に伝わる民謡、言語等の伝承文芸を研究するため、土地の人々から聴き取りをし、ノートに書き留めていたという。

困難を重ねながら成果をまとめ、ようやく本国へ帰って、母校のペテルブルグ大学で研究生活をはじめたのも束の間、スターリンの粛清にあって、シベリア収容所送りになったというのである。主人公の離島でのありようを考えさせるエピソードに心惹かれ、足取りを追いたいと思ったのだ。事前に町役場で尋ねて、ネフスキーに詳しい古老の名を聞いていたので、ホテルから呼んだタクシーの運転手さんに告げると、

「それなら、うちのおじいだー」

小さな島ならではのことと、小躍りし、皆でその家に連れて行って貰った。だが、肝腎の老人は、「確かにネフさんの話は聞いたがねー」と云うばかりで、先が続かない。

「小さい頃、ネフスキーさんと会ったんですよね？」

「………」

にこにこ笑うばかりである。今日は日曜日のこととて、役場も閉まっており、元助役さんの家に電話をして貰ったが、ご当人は不在とのことだった。

「まあ、ゆっくりして下さい」

いきなり上り込んだ見知らぬ私たち四人を、奥さんが芋のてんぷらや黒砂糖で、もてなして下さるのには、恐縮した。お茶がペットボトルであるのは、目下、断水しているからだそうだ。

伊良部に限らず琉球諸島は珊瑚礁の隆起で出来ているため、雨は降っても地下水として溜ま

らず、家々には雨水を溜める水甕が用意されており、濾過装置もある。奥さんの話では、簡易水道がついたのは昭和四十一年で、それまで飲料水は井戸に頼っており、水汲みは女性の日課だったという。

ネフスキーのことは後日、本格的に調べることとし、午後は島をぐるりと一巡する。

水深二十五メートルの透明度抜群の「通り池」は、知る人ぞ知るダイビングスポット、八百メートルに及ぶ白い砂浜が続く「渡口の浜」は、絶好の海水浴ビーチ。だが、ほとんど人影がなく、時が止まったかのようで、絵葉書を眺めている錯覚を覚えるほどだ。

さらに心惹かれるのは、森のそこここにある御嶽《うたき》だった。村の祖先神が宿る聖なる地。名前は解らないが、道を切り開いた人、井戸を掘った人、大漁の方法を考え出した人々などを神と崇め、将来とも村を守り、道標であって下さいと祈願し、感謝を捧げるところが御嶽だ。

現代において、敬虔という言葉は失われつつあるが、ここには日常の中に脈々と受け継がれている。

車で橋をいくつか通り、下地島に渡ると、それまでと異質な風景が現われた。ジェット機のパイロット訓練場だ。三千メートルの滑走路に、ボーイング７４７の大型旅客機が轟音を轟かせながら、離発着を繰り返しているのだ。手つかずの自然が残る島で、延々と訓練飛行を続ける乗客のいないジャンボ機。これもまた、奇観であり、沖縄の問題が影を落としている光景だった。

伊良部島から沖縄本島へ

今回の取材は、伊良部で生きる意欲に目ざめた主人公が、いつ沖縄へ移り、どういう暮しから沖縄の諸問題にぶつかったのか、書き留めなければならないと自覚するに至った動機は何だったのか。それを小説的構成も含め考える旅である。

六月二十三日は、沖縄「慰霊の日」である。

糸満市摩文仁《まぶに》の平和祈念公園で、沖縄全戦没者の冥福を祈る式典が行われ、小泉総理も出席するため、朝から厳重な警備陣とマスコミの動きが慌しい。

慰霊の日に合わせて昨夕、沖縄入りしたが、車の大渋滞でとても平和祈念公園へ近付けない。ひめゆりの塔で行われる式典に参加する。強い陽ざしを遮るテントの中、パイプ椅子がぎっしり並び、元ひめゆり学徒隊と思しき年代の方は、皆さんきちんと喪服姿。濃い線香の煙がたゆとう中、大輪の菊の花が供えられ、白いハンカチがそこここに見られる。軍需工場で弾磨きをさせられていた私の世代はひめゆり学徒隊の皆さんより二、三歳上で、しかも命の危険はなかった。申しわけありません、と目頭が熱くなる。

翌日、読谷村《よみたんそん》の渡久山朝章《とくやまちようしよう》さんのお宅へ向う。昨日の道路の渋滞は解消されていたが、那覇から国道58号線を北上すること一時間の道のりは腰にこたえる。

渡久山朝章さんのお宅へ伺うのは、今回で二度目だ。

以前来沖した際、何かとお世話になった石嶺邦夫さんが、「私の住んでいる村に、なかなかの教養人がいますよ」と紹介して下さった方である。

沖縄の公共の交通機関は各駅停車のバスが中心で、どこへいくにも車に頼らなければならない。自転車さえ殆んど見かけないのは、意外と起伏の多い地形のせいか。

沖縄地上戦で米軍が十八万三千名の圧倒的兵力を以って上陸したのが読谷、北谷《ちゃたん》の海岸線だと知った時、小説の主人公が離島から本島に移り住む土地はここだと、心に響くものがあった。

その上、たまたま紹介された渡久山朝章さんは沖縄戦当時は師範学校予科の生徒で鉄血勤皇隊に、奥さんのハルさんは女子師範本科生でひめゆり学徒隊に編入され、〝鉄の暴風〟とまで云われた米軍の砲弾の中、軍と行を共にした。日本の敗戦が色濃くなった時、事実上、戦場に置き去りにされ、米軍捕虜として生きのびられた体験者だった。

戦後は共に教員として奉職され、学校が同じであったという偶然で結婚されたという、沖縄でもめったにない縁《えにし》で結ばれたご夫妻だった。

アオイソラヒロイウミ

渡久山さんのお宅のある読谷村都屋《とや》は、まさに六十余年前に米軍が大挙上陸した海岸沿いにある。戦後長らく米軍に立ち入り禁止地区に指定された後、新たに住宅地として整備されたため、細い道路が碁盤の目状に交差している。その一本のつき当たりが、目指すお宅だった。二度目の訪問の挨拶をし、玄関すぐの書斎兼応接間の籐椅子に向かい合う。クラシック音楽がお好きなのか、モーツァルトを一番上に、CDがたくさん積み重ねてある。

昨日の慰霊祭は、ご家族の車でお参りに出かけたが、摩文仁までは行くことが出来ず、夕刻のテレビで委細を観たとのことだった。確かにその方が手に届くように解る。

「歴代の総理が慰霊の日に、東京から参列して下さるのは有難いですが、ほんとうにどこまで知って下さっているのかな、と首をかしげる時があります、だから私は山崎さんが小説で沖縄のことを書いて下さるなら、出来る限り詳細に答え、本土の人に沖縄の事実を知って貰いたいのです」

まだまだ勉強不足の私には荷の重過ぎるお言葉だ。

私は前回、聞きそびれた皇民化教育の実際について、伺った。

「戦前、どこの学校にも御真影が掲げられていましたが、どこよりも先んじて配布されたのは、沖縄尋常師範学校だったと聞いています、ならば沖縄を一番大切にしているかといえば、そうではない、従属させておくための同化政策に過ぎず、根元にあるのは琉球処分以来の圧迫と差別です。

だから私たちは劣等感に苛まれ、その裏返しとして中央に認められたいという非常に複雑な心境があるのです。

先の戦争で、沖縄に最精鋭の第九師団武部隊が駐屯したことを聞いて、私たちはほんとうに皇民として認められたのだと、内心、誇らしく思いました。学業を放擲して、軍の陣地構築に明け暮れても、不満などなかったのですよ」

それで、〝当時、沖縄県民ほど日本人たるべく努力した国民はいないし、最高の日本人たり得たと自負していた〟という前回のお話は理解できたような気がした。今はなき著名な評論家が鉄血勤皇隊の慰霊碑である健児の塔、ひめゆりの塔を見て「飼いならされた動物的忠誠心」と評したそうだが、なんと心ない言葉だろうか。

渡久山さんは温和な笑みをうかべられ、「捕虜となった後、私、米軍捕虜として、ハワイへ連れて行かれましてね」と、リバティ型輸送船でサイパン経由でハワイへ送られた話をされた。

日米はまだ戦争中だったから、サイパン海峡にひそむ日本の潜水艦の襲来を避け、船はジグザグ航行した。

ハワイの捕虜収容所は鉄条網で囲まれ、四隅の監視塔に四六時中、MPが監視の目を光らせてはいる。が、居住棟のバラックの他、食堂、バーバーショップ、PX（売店）、劇場まで備えられていて、もとは日米開戦と同時に日系人が敵性外国人として隔離されていたと伝え聞いた、ということだった。『二つの祖国』で描いた強制収容所に、渡久山さんがいたとは――。感慨深いものを覚えた。

一九四六年十月、渡久山さんはフィラリア寄生虫患者となり、沖縄へ帰還された。

「いまだに疑問に思うのですが、どうして二十数日間もかけてハワイまで連行されたのか、炎天下、根の強い藪払いや、日本軍の襲来に備えて、海岸に張り巡らせた鉄条網撤去などをやらされましたが――、一時間十セントの安価な労働力だからですかねえ」

「教職に就かれたのは、ハワイから帰還されてすぐですか」

前回、渡久山さんは東京学芸大学で学ばれたと伺ったことを思い出し、聞いた。

「教員には、確かにハワイ帰還後、すぐに就きましたが、ひどい状況だったですよ」

当初は授業と云っても教材がない。英語どころか、国語、算数の教科書がないのである。一九四五年八月に米民政府内に教科書編纂所が設置され、ガリ版刷りの教科書を発刊し、四六年四月からの新学制によるスタートに間に合わせることが出来たようだが、各学校に一部ずつ配ったのみ。各学校はそれを各学級で生徒に写本させた。因みに小学一年生用の『よみかた』の見開きには、「アオイソラヒロイウミ」と書いてあったらしい。

それを聞き、胸が詰った。戦争ですべてを失った沖縄に、傷もなくまるごと残っていたのは、空と海だけだったのだろうか――。

「紙だってない、米軍のゴミ捨て場へ行って、捨てられている使用済みのタイプ紙などを拾い集め、その裏に字を書く。鉛筆も碌にない、黒板はベニヤ板にペンキを塗って代用し、米軍のエンジニアが使っているチョークを拾って来るのですが、ペンキを塗った黒板はツルツルして、書きにくい。

机もない、椅子もないので、山から木の枝を持って来て手作りしました。教室は米軍使い古しのテントで床は土間ですが、テントには防虫用の薬品が染み込ませてあるので、臭く、蒸し風呂状態の中で、手さぐりの授業が始まりました。

ですから、一九五〇年に日本から教科書が届いた時は、教師も生徒もほんとうに嬉しかったですよ。

米軍から英語で授業するようにというお達しが当初出たのですが、私たちが師範学校で英語を勉強出来たのは一年半だけだったので、読み書きに限界があるでしょう。たとえば私が担当した五年生の英語教科書には、Go to the door. Open the window. と書いてありましたけど、ドアも窓もないテント教室で、扉や窓がどんなものか、まず日本語で教えるのが一苦労でしたね」

沖縄取材では、本土の私たちがあまりに何も知らずに過ごしたことをいつも痛感する。

帰り際、門まで見送って下さった渡久山さんに、小説の主人公をこちらの一隅に住まわせて下さいませんか、とお願いした。え？　と渡久山さんは戸惑われた。

小説上、離れに住むことによって、渡久山さんと即かず離れずの形で、〝沖縄の心〟を聞かせたいのです、と云うと、

「いいでしょう、小ぢんまりとした部屋を用意しておきますよ」

茶目っ気半分に、渡久山さんは温顔を綻ばせて、承知して下さった。

観光コースでない沖縄

午後七時半、那覇市西町の琉球料理と泡盛を看板にした「わらじ屋」で、大城将保《おおしろまさやす》さんを待つ。カウンター席と通路を隔てた十畳ほどの細長い畳敷きの一番奥が、いつしか指定席となっていた。

「わらじ屋」は地元の人で混み合う小料理店で、泡盛で盛り上がれば、店備え付けの三線が爪弾かれ、民謡が歌われ、最後は客全員がカチャーシーを踊ることもある。前回、手拍子を取っていたら、ぐいと手を取られ、踊りの輪に入れられた。見よう見真似で両手を頭上で揺らし、三線の音《ね》に合わせて狭い店内を踊った楽しさは忘れられない。

沖縄の夜は遅く、飲み会などは十時過ぎに始まることが多いという。まだ八時前の店内は、さすがに静かだ。

アルコールを一切、飲めない私は、ウーロン茶で大城さんを待つ。

大城将保さんとは以前、那覇中心街にあるパレット市民劇場で上演されていた『めんそーれ沖縄（沖縄へようこそ）』（戦中戦後の県民の生活を笑いと涙で描いた秀作である）という大城さん作のお芝居を観た後、ご挨拶したのが最初である。沖縄史の研究家であり、演劇、映画の脚本家で、今晩もお忙しいにもかかわらず、時間をやりくりして下さった。

「遅くなりました」

大城さんは濃くて太い眉毛の顔を綻ばせ、来て下さった。まずはオリオンビールで喉を潤わせ、

「伊良部へ行って来られたそうですね、小説の主人公はやはりあそこに住まわせるのですか」

と聞かれた。そうしようと決めています、と答えると、

「橋で繋がっている下地島の三千メートル滑走路はご覧になったでしょう」

手つかずの大自然がそのまま残っている伊良部、下地島の景観とあまりに対照的なジャンボジェット機の滑走路の不自然さを思いうかべて、住民の間に反対運動は起きなかったのですか、と聞いた。

「あの辺には住人はいなかったので、建設話が出た一九七一年、屋良《やら》政府は民間パイロット訓練場で、軍事利用はしないことという一札を取った上で、建設を諒承したのです、沖縄本島では自衛隊の基地に作り直されるのではないかと、不安を持つ人が多かったですね」

大城さんがビールからアルコール度四十度の泡盛に切り替えられたのを潮に、今頃、伺うのも間が抜けていますがと、経歴を伺った。

「人様に話すほどのことは、何もありませんよ」

苦笑いされながらも、語って下さった。以下は当時のメモから。

生れは南部の玉城《たまぐすく》。高校生の時、伊佐浜の土地闘争を見に行き、米軍に対して激しい憤りを持った。大学は早稲田。当時、沖縄から留学するには、一、アメリカの奨学金で米留《べいりゅう》 二、日本政府の奨学金で本土留学 三、自費留学の三つの方法があった。私は三番目の自費留学。早稲田大学総長だった大濱信泉《おおはまのぶもと》さんが八重山出身だったところから留学の特別枠を設けていたので、応募した。

私が東京へ出たかったのは、沖縄で土地闘争や基地反対運動に少しでも関ると、すぐアカ、共産主義者とレッテルを貼られ、那覇のＣＩＣ（米軍の対敵諜報部隊）に呼び出されるからだ。アメリカ帝国主義という言葉があるが、ほんとうにそのものズバリだった。政治的云々でなく、実感として感じていた。そんな鬱屈した状態から解放されたかった。

早稲田卒業後は東京で高校教師をしていたが、佐藤栄作総理が「沖縄の復帰なくして、日本の戦後は終わらない」と云いはじめてから、復帰運動は反米の、アカのという雰囲気は緩和され、郷里を出て十年目に引き揚げて来た。往復ともちろん船で、那覇―東京・晴海に一週間を要した。航海そのものは正味四日間だが、身体検査、予防注射などで二、三日、とられた。

沖縄で引き続き教師をやろうとしていたら、県庁の資料編纂室専門委員を要請された。そこで県史の沖縄戦記録、戦争体験の記録作りに携わるようになり、住民からの直接、聞き取りのスタイルを作った。沖縄の人は他人に対してモノ云わぬ人たちが大多数だが、その中に凄い話がある。本来なら喋れないことの方が多い。地上戦では戦下に四十万人もの人がおり、その体験は四十万通りあるといっても、過言ではない――。

県庁、教育庁でそういう仕事に携った後、県立博物館館長として、文化財担当。役所の仕事を終えられたそうである。

私にお酒が飲めたら、もっと掘り下げたお話が聞けたかもしれない。

大城さんは、明日は〝観光コースでない沖縄〟巡りにご一緒してくださる。

沖縄を歩けば戦跡にぶつかる

起床時、関節が痛み、もう少し横になっていたい。ホテルの食堂へ降りていくのが億劫で、部屋の冷蔵庫の中のトマトジュースと、ポットで湯を沸かし、インスタントコーヒー二杯で朝食を済ませる。

昨夜、遅くまでお付き合い下さった大城将保さんが、私の宿泊ホテルまで出向いて下さり、出発。車中、腰痛、関節痛治療に漢方薬・鍼灸の治療を勧めて下さるが、どうも気が乗らない。私は西洋医学派なのだ。

窓外に燃えるような赤い花びらをたくさんつけた美しい木が見えた。

「沖縄の県花のデイゴです。あの花びらが散ると、地面は真っ赤になり、戦争体験者たちは血の色に見えると、嫌がります。なかには不眠症になる人もいますよ」

車が宜野湾市《ぎのわんし》の嘉数《かかず》高地に到着。展望台に上ると、すぐ近くに普天間基地が見渡せる。まさに市のど真ん中にわがもの顔で広がる基地は、地図で見るのと実際では大違い。離発着するヘリの騒音も凄まじい。移転の声が高まるのは当然だ。

展望台から四方を眺めつつ、沖縄を歩けば基地にぶつかり、基地を歩けば戦跡にぶつかるという持論の大城さんに解説してもらう。

読谷、北谷海岸から無血上陸した米軍は、首里を目ざして急進してきたものの、日本軍の大反撃にあい、一日に百メートル前進するのがやっとの激戦を繰り広げたのが、この嘉数高地と浦添の前田高地だった。この激戦で日本軍は主力部隊の六〇パーセント、六万四千人が戦死し、米軍も二万六千の死傷者が出た。太平洋戦争を通じて最大規模と云われる砲撃で、地形が変わったそうだ。

嘉数高地は復帰後、整備され、丘の上に慰霊碑が三つ、建てられている。展望台から降り、京都の塔の碑に思わず足を留めた。

昭和二十年春、沖縄島の戦いに際して京都府下出身の将兵二千五百三十有余の人びとが、遠く郷土に想いをはせ、ひたすら祖国の興隆を念じつつ、ついに砲煙弾雨の中に倒れた――という碑文に続いて、多くの沖縄住民も運命を倶にされたことは、誠に哀惜に耐えないと刻まれている。

「ここに記されている沖縄住民とは、嘉数集落の人たちで、半数以上が戦死しているのです」

大城さんは、文字をなぞりながら云い、

「京都の塔は例外なんです。ここから南部へ至るあちこちに様々な碑がありますが、〝遥か祖国〟とか〝刀折れ矢尽き、南の島に眠る〟という記述が必ずと云っていいほどある。だけどヘンでしょう、沖縄は同じ祖国ではないのか、あなたたちは沖縄を守りに来たのではないのか？　自分たちだけが刀折れ矢尽きたと云うが、地元民はこの激戦地で日本軍がどういう行動をしていたか、皆、知っています」

淡々とした口調だが、怒りがじわりと伝わってきた。

実のところ、大多数の県民は、長く戦中の経験を詳しく語らず、日本軍に対する憤りも胸にしまい込んでいた。沖縄の人々が怒りをストレートにぶつけられないのは、温和な県民性に加えて、一九五二年、遺族年金の援護法を申請し、例外的に適用されたこともあるらしい。遺族年金を受けるに当っては、軍にどれだけ協力したかという証明が必要だった。どれだけ苛められたかとか、集団自決に追い込まれたとか、本当のことを書いたら申請は認められない。お金を貰うから、ほんとうのことは云えない――。切なさが胸に迫る。

「だから復帰後、私たちが聞き取り調査をすると、黙っていた思いが噴き出、生《なま》の歴史が今なお各市町村の戦史編纂室によって綴られ続けているのです」

車に戻り、南下しながら戦跡を辿った後、摩文仁の北東、知念半島の玉城にあるアブチラガマ（別名糸数壕《いとかずごう》）へ案内された。隆起した珊瑚石灰岩で出来た沖縄本島中南部には、鍾乳洞

（ガマ）がよく見られる。アブチラガマはその代表的なもので、戦争がはじまると、地元住民はこのガマへ避難した。中は真っ暗だが、地表を流れ落ちた水が染み込んで川となり、井戸水もあるから、暫しの避難生活なら凌げる。

だが戦線が南下するにつれ、首里方面から逃げのびて来た敗残兵が身を隠すため、住民を追い出し、出入口を地元防衛隊に固めさせた。地元民が入ってこようとすると、米軍に通じているスパイと決めつけ、防衛隊に銃殺を命じたりもした。撃つ方は近寄るなと合図しても、中へ避難したい住民は、まさかおなじ部落の顔見知りが自分を撃つなど考えられず、銃弾に倒れた悲劇もあったという。

アブチラガマの入口前で、車を降りる。でこぼこした地面に気をつけ、斜面をそろりと下る。そこからさらに下にぽっかり開いているガマの口をのぞいたが、二百七十メートルの長く深いガマは真っ暗で、とてもそれ以上、足を踏み入れられない。そう云えば、アブチラガマの前の案内板に、中へ入るにはヘルメット、運動靴、手袋、懐中電灯持参のこと、と注意書が出ている。

ここには、平和学習の場として修学旅行の生徒が訪れるそうだ。ガマに入る時と出る時とでは、生徒の顔付きが違っている、入る時は好奇心、出る時は青ざめているというのが、引率の先生の話らしい。私も息苦しくなり、きれいな空気を吸いたくなった。

「それなら百名《ひゃくな》の海へ行きましょう」

大城さんが案内して下さったのは、百八十度と云っていい眺望絶景の海だった。たまたま引き潮時で、海の大きさを一層、感じる。

ふと、砂浜に突き出した崖に、一輪の真白い百合を見た。野生の鉄砲百合だった。初夏に咲く花で、ちょうど沖縄戦の期間と一致する。

百合よ、この先もずっと咲き、沖縄戦で逝った人々の霊を少しでも慰めてもらいたいと願った。

(「オール讀物」二〇〇九年十一月)

おわりに

これが最後の長編小説との思いをこめて書いた『運命の人』が刊行され、休養に入りかけた時、思いもかけないエッセイ集の話がもちあがった。

一作主義の私は、エッセイや対談をこなす心のゆとりがない。時々の作品が完結すると、休養かたがた、すぐ次のテーマへ向かって走り出し、後ろを振り返ることはめったにない。したがって整理も無頓着であるから、小説以外に書いたものがどの程度あるか見当がつかず、お話をご辞退しかけると、ランドリー袋ほどある大きな書類袋からエッセイの類のコピーがどさりと取り出されて、驚いた。多くの媒体に掲載された一見、バラバラなものが、抜群の整理能力で集められ、仕分けされている。

ゲラになり、見出しがつくと、職業作家としてスタートすることを躊躇していた新聞記者時代の私から、今日に至るまでの五十余年の軌跡が、見事に体系付けられていた。行間からこの間に起こったさまざまな出来事、苦しみ、悲しみ、喜びが甦ってきた。

『作家の使命　私の戦後』『大阪づくし　私の産声』『小説ほど面白いものはない』の三巻は、まさに編集者と作家との出会いから生まれたものである。

本書を企画、編集された出版部企画編集部の矢代新一郎氏に、深く感謝致します。

二〇〇九年十二月吉日

著者

年譜

一九二四（大正十三）年

十一月三日、父菊蔵、母ますの長女として大阪市南区に生まれる。本籍は大阪市南区横堀。実家は船場の老舗昆布店「小倉屋山本」。

一九三六（昭和十一）年

三月、市立蘆池小学校を卒業。恩師・坂口利夫が国語教育の専門家であったため、特に国語、作文の指導に重点が置かれ、このころから読書に親しむ。

一九四一（昭和十六）年

三月、相愛高等女学校を卒業（大阪・船場の子女が通う、古い歴史と英才教育で知られる私立校。ヴァイオリニストの辻久子、随筆家の岡部伊都子は同窓である）。

一九四四（昭和十九）年

三月、京都女子専門学校（現・京都女子大学）国文科を卒業。同月、毎日新聞大阪本社調査部に入社。

一九四五（昭和二十）年

毎日新聞大阪本社学芸部に異動。当時、学芸部副部長であった井上靖に新聞記者としての訓練を受け、文章に対する厳しい態度を学ぶ。また、新聞記者として働きながら小説を書き続ける井上の姿を見て、小説を書いてみようという気持を持ち始めた。

一九五七（昭和三十二）年

四月、毎日新聞学芸部記者としての勤務のかたわら、休日を利用して書き続けた『暖簾』を、東京創元社より刊行。

一九五八（昭和三十三）年

一月、「花のれん」を〈中央公論〉に連載開始（六月完結）。六月、『花のれん』を中央公論社より刊行。七月、『花のれん』により第三十九回直木賞を受賞。八月、「船場狂い」を〈別冊文藝春秋〉に、「持参金」を〈オール讀物〉に、十月、「死亡記事」を〈小説新潮〉に、十二月、「遺留品」を〈別冊文藝春秋〉に発表、『暖簾』愛蔵本を東京創元社より刊行。同月、毎日新聞社を退社、作家生活に入る。十月より翌年一月まで、エッセイ「東京と大阪と」を〈サンデー毎日〉に連載。

一九五九（昭和三十四）年

一月、「ぼんち」を〈週刊新潮〉に連載開始（結核の再発で闘病を続けながら執筆、十二月完結）。「しぶちん」を〈サンデー毎日・特別号〉に発表。二月、短編集『しぶちん』を中央公論社より刊行。四月、「へんねし」を〈オール讀物〉に発表。十一月、大阪の文芸興隆に寄与した功績により、昭和三十四年度の大阪府芸術賞を受ける。同月、『ぼんち』上巻を新潮社より刊行。

一九六〇（昭和三十五）年

一月、『ぼんち』下巻を新潮社より刊行。二月、「女の勲章」を〈毎日新聞〉朝刊に連載開始（翌年一月完結）。三月、『ぼんち』愛蔵本を新潮社より刊行。十一月、『新選現代日本文学全集33　戦後小説集（二）』（筑摩書房刊）に「船場狂い」「死亡記事」が収録される。

一九六一（昭和三十六）年

二月、『女の勲章』上巻を、三月、下巻を中央公論社より刊行。「醜男」を〈小説中央公論〉に発表。同月渡仏、『女の勲章』初版本を抱え、資料と滞仏経験者の話に基づいて描いたパリの街を歩く。その後モンパルナスに居を定め、ポルトガルにも旅行。七月、在欧中の毎日新聞大阪本社学芸部美術記者・杉本亀久雄と結婚、駐仏英国大使館付属教会で挙式。アメリカをまわって、九月末に帰国。

一九六二（昭和三十七）年

一月、「女系家族」を〈週刊文春〉に連載開始（翌年四月完結）。二月、「花紋」取材のために上京中、インフルエンザ肺炎で倒れ、虎の門病院に入院。以後半年間の療養生活のかたわら、執筆を続ける。十月、「花紋」を〈婦人公論〉に連載開始（一九六四年三月完結）。同月、「ぼんち」を収録した『長編小説全集35　山崎豊子集』を講談社より刊行。

一九六三（昭和三十八）年

三月、「女の勲章」「花のれん」を収録した『昭和文学全集26　山崎豊子』を角川書店より、四月、『女系家族』上巻を、六月、下巻を文藝春秋新社より刊行。九月、「白い巨塔」を〈サンデー毎日〉に連載開始（一九六五年六月完結）。同月、『新日本文学全集36　山崎豊子集』（収録作品「暖簾」「花のれん」「船場狂い」「死亡記事」「持参金」「しぶちん」「遺留品」）を集英社より刊行。

一九六四（昭和三十九）年

六月、『花紋』を中央公論社より刊行。同月、オスロで開催された国際ペンクラブ大会に、川端康成、平林たい子、円地文子らと出席。閉会後、「白い巨塔」取材のため、ベルリン、ハイデルベルクの病院、研究所を訪問。ミュンヘン郊外ダッハウのユダヤ人強制収容所見学。

一九六五（昭和四十）年

二月、「ムッシュ・クラタ」を〈新潮〉に発表。七月、『白い巨塔』を新潮社より刊行。八月、『女系家族』を収録した『現代の文学39　山崎豊子集』を河出書房新社より刊行。十月、「仮装集団」を〈週刊朝日〉に連載開始（翌年十一月完結）。

一九六六（昭和四十一）年

一月、「晴着」を〈新潮〉に発表。

一九六七（昭和四十二）年

四月、『仮装集団』を文藝春秋より刊行。七月、「続白い巨塔」を〈サンデー毎日〉に連載開始（翌年六月完結）。

一九六九（昭和四十四）年

十一月、『続白い巨塔』を新潮社より刊行。

一九七〇（昭和四十五）年

三月、医学界と並ぶ聖域、銀行を舞台とした「華麗なる一族」を〈週刊新潮〉に連載開始（一九七二年十月完結）。

一九七二（昭和四十七）年

十二月、「『華麗なる一族』取材ノート」を〈財界〉に発表。

一九七三（昭和四十八）年

四月、『華麗なる一族』（上・中・下）を新潮社より刊行。同月、次作「不毛地帯」取材のため、雪と氷に閉ざされたシベリア大陸を横断、ハバロフスク、イルクーツク、バイカル湖の日本人捕虜収容所跡を訪れる。モスクワからテヘランへ飛び、イランの油田地帯を取材。六月、「不毛地帯」を〈サンデー毎日〉に連載開始（一九七八年八月完結）。

一九七四（昭和四十九）年

六月、「不毛地帯」取材のため渡米。デトロイトとニューヨークで米ビッグスリーのフォード、ゼネラルモーターズを取材、その後ロサンゼルス郊外のロッキード社の工場を見学。

一九七五（昭和五十）年

五月、石油関連取材のため、ジャカルタ、シンガポールに赴く。

一九七六（昭和五十一）年

六月、『不毛地帯』（一）を、七月、（二）を新潮社より刊行。十月、「不毛地帯」後半の取材のために、パリ経由でサウジアラビアへ。その後、クウェート、イランで石油鉱区取材。

一九七七（昭和五十二）年

十一月、三度目のイラン取材。

一九七八（昭和五十三）年

八月、『不毛地帯』（三）を、九月、（四）を新潮社より刊行。九月、ソウル、板門店へ取材旅行。十一月、ハワイ州立大学に客員教授として招聘され、一年間、『ぼんち』をテキストに上方文化を講義。この年の六月から翌年一月まで放映されたテレビドラマ「白い巨塔」（フジテレビ系、田宮二郎主演）が話題を呼ぶ。

一九七九（昭和五十四）年

二月、「プロフェッサー・ヤマサキの〝ぼんち通信〟」を〈サンデー毎日〉に発表。講義の傍ら、大学付属の東西文化センターで日系移民史を勉強し、次作「二つの祖国」のテーマを発想。さらにカリフォルニア大学ロサンゼルス校の図書館、ワシントンＤＣの国立公文書館で資料を読む。同時に多くの日系一世、二世に会って体験談を聞く。六月、マンザナール収容所、ミネアポリスのアメリカ陸軍情報部日本語学校跡を訪れる。

一九八〇（昭和五十五）年

五月、ロサンゼルス、サンフランシスコ取材。六月より、「二つの祖国」を〈週刊新潮〉に連載開始（一九八三年八月完結）。同月、『新潮現代文学50　白い巨塔』を新潮社より刊行。十二月、『大阪今昔・随筆』（吉田三七雄との共編著）を鹿島出版会より刊行。

一九八一（昭和五十六）年

『華麗なる一族』の中国語版刊行（翻訳者は葉渭渠・唐月梅）。

一九八二（昭和五十七）年

二月、ワシントン国立公文書館で極東国際軍事裁判検察側調書、ＧＨＱ日本占領政策関連文書閲覧。その足でボルチモア、サンフランシスコ、ロサンゼルス在住の元日本語語学兵を中心に取材。八月、フィリピン戦跡慰問団に同行し、マニラ、バギオ、ルソン島を訪れる。十月、北京、上海旅行。『ぼんち』の英語版刊行（翻訳者はトラヴィス・サマースギル、ハルエ・サマースギル）。

一九八三（昭和五十八）年

七月、『二つの祖国』上巻を、八月、中巻を、九月、下巻を新潮社より刊行。十月、中国作家協会の招きで訪中、文化大革命で迫害を受けた作家、巴金と面会。

一九八四（昭和五十九）年

六月、中国社会科学院外国文学研究所の招きで訪中。「大地の子」の構想が生まれる。北京を拠点として瀋陽、長春、ハルビン、延安、敦煌、新疆維吾爾自治区など各地を取材旅行。十月には牡丹江で戦争孤児と面接取材。十一月、中国共産党総書記の胡耀邦と中南海で会見、未開放地区でのホームステイの許可など取材協力を得る。『二つの祖国』が「山河燃ゆ」のタイトルで、NHK大河ドラマとして一年間放映される。この年、『ぼんち』の英語ペーパーバック版(A Methuen Paperback)を刊行。

一九八五(昭和六十)年

五月、「〝虱〟だらけの指導者・胡耀邦」を〈文藝春秋〉に発表。七月、『山崎豊子全作品』(全十巻)を新潮社より刊行開始(一九八六年四月完結)。十二月、胡耀邦総書記と二度目の会見。この年、五月から十二月までの間に中国東北地方、河北省、内蒙古、重慶、延安、上海宝山製鉄所建設現場を取材。『不毛地帯』の英語版刊行(翻訳者はジェームス・荒木)。

一九八六(昭和六十一)年

四月、『『靖国批判』の中の北京」を〈文藝春秋〉に発表。この年も冬期、夏期をのぞいて中国に滞在。重慶、寧夏回族自治区労働改造所などを取材。胡耀邦総書記と異例の三度目の会見。上海宝山製鉄所の火入れ式に招待される。

一九八七(昭和六十二)年

五月、「大地の子」を〈文藝春秋〉に連載開始(一九九一年四月完結)。

一九八九（平成元）年
四月、胡耀邦前総書記死去の報に接し、急遽北京へ弔問に赴く。
一九九一（平成三）年
一月、『大地の子』上巻を文藝春秋より刊行。中巻は三月、下巻は四月刊行。二月、『大地の子』で文藝春秋読者賞を受賞。六月、胡耀邦前総書記の霊前に『大地の子』を捧げるため訪中、江西省の墓地に詣でる。九月、「『大地の子』中国に還る」を〈文藝春秋〉に発表。十月、ケニアに旅行、次作「沈まぬ太陽」の主人公の原型となる人物と出会う。十二月、菊池寛賞を受賞。
一九九二（平成四）年
七月、ケニア、タンザニアへ取材旅行。
一九九三（平成五）年
三月、ケニア、タンザニア、ウガンダ、イラン、パキスタンへ取材旅行。八月、新潮文庫『ムッシュ・クラタ』刊行。十月、戦争孤児の子女たちの奨学助成を目的とする山崎豊子文化財団を設立。
一九九四（平成六）年
四月、山崎豊子文化財団第一回の奨学生十五人に奨学金を授与。八月、新装版『白い巨塔』（『白い巨塔』『続白い巨塔』を合本）を新潮社より刊行。十二月、「沈まぬ太陽」取材のためにケニアへ。

一九九五（平成七）年

一月、「沈まぬ太陽　第一部」（アフリカ篇）を〈週刊新潮〉に連載開始（一九九六年四月まで）。十一月、『大地の子』がNHKでテレビドラマ化。

一九九六（平成八）年

四月、ニューヨーク、ワシントンDC、シアトルのボーイング社などを取材。五月、『「大地の子」と私』を文藝春秋より刊行。

一九九七（平成九）年

一月、「沈まぬ太陽　第二部」（御巣鷹山篇）を〈週刊新潮〉に連載開始（十月まで）。六月、北京日本人学校に招かれ、創立二十周年記念講演。演題は「胡耀邦さんと北京日本人学校」。

一九九八（平成十）年

一月、「沈まぬ太陽　第三部」（会長室篇）を〈週刊新潮〉に連載開始（一九九九年四月完結）。

一九九九（平成十一）年

二月、女性作家シリーズ12『山崎豊子　有吉佐和子』に「暖簾」「死亡記事」を収録（角川書店刊）。三月、「沈まぬ太陽」の最終回原稿を書き上げた翌日に入院、胆石の手術を受ける。六月、『沈まぬ太陽』（一）「アフリカ篇・上」、（二）「アフリカ篇・下」を、七月、（三）「御巣鷹山篇」を、八月、（四）「会長室篇・上」を、九月、（五）「会長室篇・下」を新潮社より刊行。十一月、「『沈まぬ太陽』あるサラリーマンの闘い」を〈文藝春秋〉に発表。『沈まぬ太陽』の韓国語版刊行（翻訳者は李貞煥）。

二〇〇〇（平成十二）年

三月から四カ月間、パリに滞在。長編小説を書き終えた後のいつもの休養だが、体力的にこれからはしばしばパリを訪れることもあるまいと、三十九年前、はじめて暮らしたパリ時代を偲び、思い出深い街角、運河、公園を毎日、散策。

このまま静かに筆を擱くか、出版社から依頼されている連載小説を受けるべきか、迷い悩む。帰国後、作家生活最後の長編小説と覚悟を決め、依頼を受ける。

二〇〇一（平成十三）年

一月、「運命の人」の取材開始。テーマは沖縄密約問題。外務省機密漏洩事件の全裁判記録を精読する傍ら、沖縄取材に取り組む。

二〇〇三（平成十五）年

十二月、『山崎豊子全集』（全二十三巻）を新潮社より刊行開始（二〇〇五年十一月完結）。『不毛地帯』の韓国語版刊行（翻訳者は朴在姫）。十月から翌年三月までテレビドラマ「白い巨塔」（フジテレビ系）放映。

二〇〇四（平成十六）年

『白い巨塔』の台湾版刊行（翻訳者は婁美蓮・王華懋・王蘊潔・黄心寧）。

二〇〇五（平成十七）年

一月、「運命の人　第一部」を〈文藝春秋〉に連載開始（二〇〇七年六月まで）。

二〇〇六（平成十八）年

『白い巨塔』の中国語版刊行（翻訳者は婁美蓮・王華懋・王蘊潔・黄心寧）。『白い巨塔』の韓国語版刊行（翻訳者は朴在姫）。

二〇〇七（平成十九）年

『華麗なる一族』の台湾版刊行（翻訳者は涂愫芸）。『華麗なる一族』の韓国語版刊行（翻訳者は朴在姫）。一月から三月まで、テレビドラマ「華麗なる一族」（ＴＢＳ系）放映。

二〇〇八（平成二十）年

六月、「運命の人　第二部」を〈文藝春秋〉に連載開始（二〇〇九年二月完結）。この年、『二つの祖国』の英語版刊行（翻訳者はディクソン・モーリス）。

二〇〇九（平成二十一）年

四月、『運命の人』(一)(二)を、五月、(三)を、六月、(四)を文藝春秋より刊行。「山崎豊子 自作を語る」シリーズより十月、『作家の使命 私の戦後』を、十一月、『大阪づくし 私の産声』を、十二月、『小説ほど面白いものはない』を新潮社より刊行。また、十月、映画「沈まぬ太陽」（角川映画）公開。十月から翌年三月までテレビドラマ「不毛地帯」（フジテレビ系）放映。

単行本化にあたり、加筆・改稿を施しました。

秋元秀雄氏、浪花千栄子氏の著作権者の方とご連絡が取れませんでした。
ご存知の方は編集部まで、ご一報下されば幸いです。（編集部）

山崎《やまさき》豊子《とよこ》 自作《じさく》を語《かた》る3
小説《しようせつ》ほど面白《おもしろ》いものはない

二〇〇九年一二月二〇日 発行

著 者／山崎豊子《やまさきとよこ》
発行者／佐藤隆信
発行所／株式会社新潮社
東京都新宿区矢来町七一
郵便番号 一六二―八七一一
電話 編集部〇三―三二六六―五六一一
読者係〇三―三二六六―五一一一
http://www.shinchosha.co.jp
印刷所／大日本印刷株式会社
製本所／加藤製本株式会社
乱丁・落丁本は、ご面倒ですが小社読者係宛お送り下さい。送料小社負担にてお取替えいたします。

ISBN978-4-10-322822-6 C0095
価格はカバーに表示してあります。